历代笔记小说大观

青琐高议

［宋］刘斧 撰

施林良 校点

图书在版编目(CIP)数据

青琐高议 / (宋)刘斧撰;施林良校点. —上海:
上海古籍出版社,2012.12(2023.8重印)
(历代笔记小说大观)
ISBN 978-7-5325-6344-9

Ⅰ.①青… Ⅱ.①刘·②施… Ⅲ.①笔记小说-小
说集-中国-宋代 Ⅳ.①I242.1

中国版本图书馆 CIP 数据核字(2012)第 044791 号

历代笔记小说大观

青 琐 高 议

[宋]刘 斧 撰

施林良 校点

上海古籍出版社出版发行

(上海市闵行区号景路 159 弄 1-5 号 A 座 5F 邮政编码 201101)

(1)网址:www.guji.com.cn

(2)E-mail:guji1@guji.com.cn

(3)易文网网址:www.ewen.co

常熟文化印刷有限公司印刷

开本 635×965 1/16 印张 12 插页 2 字数 167,000
2012 年 12 月第 1 版 2023 年 8 月第 2 次印刷
印数:2,101—3,200
ISBN 978-7-5325-6344-9
I·2498 定价:30.00 元

如有质量问题,请与承印公司联系

校 点 说 明

　　《青琐高议》是北宋时期的一部笔记小说集。最早著录此书的《郡斋读书志》不题撰人，《四库全书总目》亦不署作者名，而宋人赵与时《宾退录》和《宋史·艺文志》均谓刘斧撰。今传本书前有孙副枢序，云刘斧出其书求孙为序，则其为作者应可确定。但是书中的作品，并不是全部出自刘斧自撰，其中明著作者姓名的传奇有十三篇；其他未署名的篇章，也有不少录自前人的著述。可见本书系刘斧采辑他人的作品，加上自己的撰述而编成的。除本书外，刘斧另著有《翰府名谈》，今已失传。刘斧的生平事迹，《宋史》无传，志乘亦不见记载，仅据孙序，知其为秀才；又据书中文字推测，他主要生活于宋仁宗至宋哲宗年间。

　　《青琐高议》的内容比较庞杂，包括神道志怪、传奇小说、诗话异闻、纪传杂事等。对后代影响较大的是传奇作品，多写男女情爱、家庭婚姻故事，善于描写铺叙，诗文相间，语言秀美，颇似唐人传奇，具有较高的文学价值。王士禛云此书是"《剪灯新话》之前茅"，指出了《青琐高议》对明代传奇小说的影响。书中如《希夷先生传》、《隋炀帝海山记》、《陈叔文》、《流红记》等故事，均被后人搬演为话本小说或戏曲剧本。鲁迅校录《唐宋传奇集》，收宋人传奇九篇，其中五篇录自本书。

　　《郡斋读书志》和《宋史·艺文志》录本书为十八卷，《文献通考·经籍考》作前集十卷，后集十卷。今传本亦为前集十卷，后集十卷，并有别集七卷，计一百四十余篇，较之孙副枢序所言"异事数百篇"相差甚远，显非完帙。1958年原古典文学出版社以董氏诵芬室刻本（据士礼居写本）为底本整理出版，1983年上海古籍出版社据以再版，又增补了程毅中先生据《类说》、《诗话总龟》、《新编分门古今类事》、《岁时广记》等书辑录的《青琐高议》佚文三十六则作为补遗。今即以此本重印，改正了一些错字和标点，并依照丛书体例，删去了原书中的校语。

目　　录

青琐高议补遗

青琐集(六条,附一条) / 172

青琐后集(五条) / 173

续青琐高议 / 174

青琐高议序

　　万物何尝不同,亦何尝不异。同焉,人也;异焉,鬼也。兹阴阳大数、万物必然之理。在昔尧洪水,群品昏垫,吾民幸而不为鱼者几希矣。人鬼异物,相杂乎洲渚间。圣人作鼎象其形,使人不逢;又驱其异物于四海之外,俾人不见。凡异物萃乎山泽,气之聚散为鬼。又何足怪哉? 故知鬼神之情状者,圣人也;见鬼神而惊惧者,常人也。吾圣人所不言,虑后人惑之甚也。刘斧秀才自京来杭谒予,吐论明白,有足称道。复出异事数百篇,予爱其文,求予为序。子之文,自可以动于高目,何必待予而后为光价? 予嘉其志,勉为道百余字,叙其所以。夫虽小道,亦有可观,非圣人不能无异云耳。

　　资政殿大学士孙副枢序。

青琐高议前集卷之一

李　　相李丞相善人君子

大丞相李公昉尝谓子弟曰："建隆元年元夜,艺祖御宣德门。初夜,灯烛荧煌,箫鼓间作,士女和会,填溢禁陌。上临轩引望,目顾问余曰:'人物比之五代如何?'余对以'民物繁盛,比之五代数倍'。帝意甚欢,命移余席切近御座,亲分果饵遗余。顾谓两府曰:'李昉事朕十余年,最竭忠孝,未尝见损害一人,此所谓善人君子也。'孔子曰:'善人,吾不得而见也。'吾历官五十年,两在政地,虽无功业可书竹帛,居常进贤,虽一善可称,亦俾进用,而又。金口称为善人君子,此吾不忝尔父也。尔等各勉强学问,思所以起家,为忠孝以立身,则汝无忝吾所生也。"

东　　巡真宗幸太岳异物远避

真宗东巡,告功泰岳,驾行有日。一日,泰山耕者,俱见熊虎豺豹,莫知其数,累累入于徂徕山,后有百余人驱之。耕者询其人:"兽将安往?"应曰:"圣主东巡,异物远避,至于蛇虺,亦皆潜伏。岳灵敕五百里内蜂蝎虿毒之微,亦不得见。"夫圣人行幸,肃清如此。

善　　政张公治郓追猛虎

郓州公宇有追虎碑。大风雨,碑断裂在地,不可考。闻诸父老云:昔张侍郎知郓州,入京,道有虎害物,行客莫敢过。公呼吏询之曰:"汝能集事乎?"吏对曰:"能。"公赐之杯酒,曰:"汝执符,为吾追某处虎来。汝不往,且斩汝。"吏别其家曰:"吾之肌肤,虎口物矣。"吏痛饮而去。行未二十里，果见巨虎，眈眈由道而来。吏致符于地，远去望之。虎以前二足开其符熟视，乃衔符随吏而来。倾城皆闭户，登屋升木望之。虎至府，公坐堂上，虎望公闭目蹲伏，若待罪者。公怒叱曰："汝本异物，辄敢据道食行旅！"公乃呼吏："为吾治其罪。"虎乃伏吏旁不动。案成，公命如法挞之。既毕，公诫虎曰："约三日出境。不然，尽杀之。"虎乃去，死于地，化为石矣。他虎皆入于远山。今呼为石虎。

评曰：善政之服猛虎也如此，不独古之虎出境。故知文公之鳄去恶溪，非虚言也。神明之政，何代无之？

明　　　政 张乖崖明断分财

尚书张公詠知杭州，有沈章讼兄彦约割家财不平，求公治之。公曰："汝异居三年矣，前政何故不言也？"章曰："尝以告前太守，反受罪。"公曰："若然，汝之过明矣。"复挞而遣之。

后半载，公因行香，四顾左右曰："向讼兄沈章，居于何处？"左右对："只在此巷中，与其兄对门居。"公下马，召章家人并彦家人对立。谓彦曰："汝弟讼汝，言汝治家掌财久矣，伊幼小，不知资之多少，汝又分之不等。果均平乎，不平乎？"彦曰："均平。"询章，曰："不均。"公谓彦曰："终不能灭章之口。兄之族，入于弟室；弟之族，入于兄室。更不得入室，即时对换。"人莫不服公之明断焉。

御　爱　桧 御桧因风雨转枝

亳州太清宫方营前殿，匠氏深意老桧南枝碍殿檐，白官吏，欲斤斧去之。一夕大雷雨，明视，巨枝已转而北矣。何至神之灵感如此。真宗幸宫，见而叹异久之。后爱其茂盛甚于他桧，乃名为"御爱"。留题者甚众，惟石曼卿为绝唱。今又得福唐林迥诗焉，真佳句也。诗曰：

古殿当年欲葺时，槎牙老桧碍檐低。

人间刀斧不容手，天上风雷与转枝。

烟色并来春益重，月华饶得夜相宜。

真皇一驻鸾舆赏，从此佳名万世知。

柳子厚补遗<small>柳子厚柳州立庙</small>

柳宗元，字子厚，晚年谪授柳州刺史。子厚不薄彼人，尽仁爱之术治之。民有斗争至于庭，子厚分别曲直使去，终不忍以法从事。于是民相告："太守非怯也，乃真爱我者也。"相戒不得以讼。后又教之植木、种禾、养鸡、蓄鱼，皆有条法。民益富。民歌曰：

柳州柳刺史，种柳柳江边。

柳色依然在，千株绿拂天。

公预知死，召魏望、谢宁、欧阳翼曰："吾某月某日当去世。子为吾见韩公，当世能文，为吾求庙碑。后三年，吾当食此。"如期而死。后三年，公之神见于后堂壁下，欧阳翼见而拜之。公曰："罗池之阳，可以立庙。"庙成，乃割牲置位，酌酒祭公，郡人毕集。时有宾州军将李仪还京，入庙升堂骂詈。仪大叫仆于堂下，脑鼻流血，出庙即死。郡民愈畏谨。

谢宁入京见韩公，求庙碑。公诘之曰："子厚生爱彼民，死必福之。"宁曰："神威甚肃。"公问其故，宁曰："或过庙不下，致祭不谨，则蛇出庙庭，或有异物现出，民见即死。"公曰："尔将吾文祭而焚之，无使人见。"宁如公言祭之，蛇不复出。其文人或默传得，今亦载之。

韩文公祭文（韩文公祭柳子厚）

公生爱此民，死当福此民。何辄为怪蛇异物，惊惧之至死者？公平生不足，愤懑不能发泄，今欲施于彼民，民何辜焉？谢宁说甚可惊，始终何戾也？无为怪异之迹，败子平生之美名。余与子厚甚厚，其听吾言。

葬　骨　记卫公为埋葬沉骨

熙宁四年,皮郎中赴任,道出北都,馆于宪车行府。时公卧疾,侍者方供汤剂,火炉倏尔起去,药鼎堕地。时公卧而见之,颇惊。俄有女奴,叫呼呻吟,仆于廊砌。自言曰:"吾,公之妻族中某人也。"少选,公子持剑叱之曰:"尔何鬼,而敢凭人也!"女奴自道曰:"我非公子之妻族也,托此为先容耳。我即谢红莲者也。向为人侧室,不幸主妇见即杀之,埋骨于此,不得往生。遇公过此,请谋迁此沉骨故耳。"语讫不复闻,女奴乃无恙,良已。

翌日见卫公,具道其事。公曰:"伏尸往往能为怪。"乃命官吏往求之。数日,了不见骨。一夕,役夫梦一妇人曰:"我骨在厨浴之间。"役夫遂告主者,果得骨,但无脑耳。公念其死时必非命,卒遽埋掩,乃以温絮裹之,彩衣覆之。因思无首骨,亦未为全。会恩州兵官出巡,过府见公,乃命宿于其地,以候其怪。中夜后,月甚明,兵官见一妇人,无首而舞于庭。翌日,兵官以此闻。公复命求之,又获脑骨。公遣择日如法葬于高原。

一夕,公门下吏李生忘其名。梦一妇人,貌甚美,鲜衣丽服,敛躬谓李生曰:"我乃向沉骨,蒙卫公迁之爽垲,俾得安宅,则往生亦有日矣。夫迁神之德,何可议报,子为我多谢卫公。"李生曰:"汝何不往谢焉,而托人,得无不恭乎?"妇人曰:"我非敢懈。盖卫公时之正人,又方贵显,所居有卫吏兵拥护,是以我不敢见。幸烦子致诚恳也。"李生翌日以此事陈于卫公。

丛　冢　记富公为文祭丛冢

皇祐年,河决于商湖。自山而东,沟浍皆渤溢,地方千里,鞠为污涂。是时山东大歉,民乃重困而流徙。富公方帅青社,公驿驰符,俾州县救济。来者尤拥,仓廪遽竭。由是卧殍枕藉,徐州尤甚,白骨蔽野,莫知其数。公命徐牧葬焉。收得骨数千具,择地而葬,公亲为文以祭之。因曰"丛冢"。

丛冢记续 补鬼感富公立丛冢

书生王企，夜过徐，天晦，迷失道。望灯火煌煌，企乃往而求宿。既至，若市邑，企宿于老叟家。曰："居贫，不能备酒馔展主礼。"企曰："但容一宵，以为干浼。"企因询叟曰："此地何名？"叟曰："丛乡也。兹乃富公所建之乡也。"企思念不闻丛乡，企乃告叟曰："何富公所建？"叟曰："吾之类无归者，乃得富公与刺史聚之于此，使有安居。从是得生者太半矣。富公之德，以系仙籍焉。"明日，企行数里，询耕者云："此北去四五里，有人烟市邑处，何地也？"耕者曰："此惟有丛冢，无市邑。"企乃悟宿于丛冢。

议曰：葬骨迁神，其在阴德无上于此。观丛冢之下，幽魂感德怀赐，固可知矣。惟大人君子能为此善事。

彭郎中 记彭介见灶神治鬼

彭郎中介，潭州湘阴人也。有才学，由进士登甲科。历官，所至有美声，为吏民所爱服。

公晚年授郴州刺史。到家岁余，中夜如厕，见庑廊下有灯，公谓女使未寝。俄闻呼叱，若呵责人。公乃潜往，自牖窥之。有乌衣朱冠者，箕踞坐前，棰挞一人。公亦不知神鬼，乃推户而入。他皆散去，惟乌衣起而揖公。公视其面，苍然焦黑，不类人。公知其异，乃安定神室而问之："子何人也，而居此？"乌衣者云："我，公之属吏；公，吾之主人。某即灶神。"公曰："适所谴责者何人？"神曰："饥饿无主之鬼，入公厩庖窃食耳。"公曰："饿而盗食，汝何责之深也？"神曰："吾主内外事，酉刻则出巡，遇魑魅魍魉皆逐之，此吾职也。"神又曰："在吾境内，无主之鬼，日受饥冻。公能春秋于临水处，多为酒肉祭之，其为德不细。无主之骨，择土掩之，其赐甚厚。若有灾患，此属亦能展力。"又云："吾职虽微，权实颇著。公之见吾，当有微恙。公归，当急服牛黄，以生犀致鼻中,即无患。"公起入,过门限即仆,侍者引起至卧榻。徐醒,乃如所言而服之,方愈。

后公如其言,祭饿鬼于水滨,葬遗骨于高原。公没,灵柩归长沙,空中闻百人泣声,人曰:"无主之鬼,感恩而泣彭公。"移时乃灭。

紫府真人记 <small>杀鼋被诉于阴府</small>

右侍禁孙勉受元城史。城下一埽,多垫陷,颇费工役材料,勉深患之。乃询埽卒:"其故何也?"卒曰:"有巨鼋穴于其下,兹埽所以坏也。"勉曰:"其鼋可得见乎?"卒答以:"平日鼋居埽阴,莫得见也;或天气晴朗,鼋或出水近洲曝背,动经移时。"勉曰:"伺其出,报我,我当射杀之,以绝埽害。"他日,卒报曰:"出矣。"勉驰往观之。于时雨霁日上,气候温煦,鼋于沙上迎日曝背,目或开或闭,颇甚舒适。勉蔽于柳阴间,伺其便,连引矢射之,正中其颈,鼋匍匐入水。后三日,鼋死于水中,臭闻远近。

勉一日昼卧公宇,有一吏执书召勉,勉曰:"我有官守,子召吾何之?"吏曰:"子已杀鼋,今被其诉,召子证事。"勉不得已,随之行。若百里,道左右宫阙甚壮,守卫皆金甲吏兵。勉询吏曰:"此何所也?"吏曰:"此乃紫府真人宫也。"勉曰:"真人何姓氏?"曰:"韩魏公也。"勉私念向蒙魏公提拂,乃故吏,见之求助焉。勉乃祝守门吏入报。少选,引入。勉望魏公坐殿上,衣冠若世间尝所见图画神仙也,侍立皆碧衣童子。勉再拜立,魏公亦微劳谢,云:"汝离人世,当往阴府证事乎?"勉曰:"以杀鼋被召。"乃再拜曰:"勉久蒙持拂,今入阴狱,虑不得回,又恐陷罪,望真人大庇。"又恳拜。魏公顾左右,于东庑紫复架中,取青囊中黄诰,公自视之。旁侍立童读诰曰:"鼋不与人同。鼋百余岁,更后五百世,方比人身之贵。"勉曰:"鼋穴残埽岸,乃勉职也。"公以黄诰示勉,公乃遣去。勉出门,见追吏云:"真人放子,吾安敢摄也。"乃去。一青衣童送勉至家,童呼勉名,勉乃觉。

勉见移监第九埽。

玉 源 道 君 罗浮山道君后身

大丞相刘公，吉州人也。赴举京师，道过独木镇。时天气晴霁，有老叟坐于道左，曰："知公赴举，辄有一联相赠，如何？"公欣然曰："愿闻。"叟曰："今年且跨穷驴去，异日当乘宝马归。"公爱其句。公曰："叟何故知吾得意回也？"叟曰："不惟名利巍峨，又大贵，况公自是罗浮山玉源道君。"公愧谢，叟乃去。

王 屋 山 道 君 许吉遇道君追虎

河阳孟州公吏许吉与孙荣讼谍，道过王屋山西峰，忽见丞相庞公，道服领三四童而行。吉谓荣曰："此丞相也，尝镇河阳，我趋走府庭，见公甚熟。"吉暗询侍童云："此丞相庞公乎？"童曰："是矣。"吉曰："何故游此？"童曰："公作王屋山道君，治此山。"吉令童通姓名，出拜，公亦微劳问。俄有二武卒絷一虎来，吉惧趋走，虎至公前，闭目伏地，向公若恐惧状。卒报云："此虎昨日伤樵者某人。"公曰："死乎？"卒曰："不至是。"公顾童取囊中笔，命童书曰："付主者施行。"卒乃引虎去。吉别公，去行百步，回望向所见公处，但碧烟绛雾，绚丽相接，不复见公。吏归河阳，具道其事。

许 真 君 斩蛟龙白日上升

许真君名逊，字敬之，汝南人也。祖、父世慕至道，敬之弱冠师大洞真君吴猛，传三清法。举孝廉，拜蜀旌阳令。以晋乱弃官，与吴君同游江左。会王敦作乱，二君乃假符祝谒敦，欲止敦而存晋也。

一日，同郭璞候敦。敦蓄怒而见曰："孤昨夜梦将一木，上破其天，禅帝位果十全乎？请先生圆之。"许曰："此梦非吉。"吴曰："木上破天是未字，明公未可妄动。"又令璞筮之，曰："事无成。"问寿，曰："起事祸将不久，若住武昌，寿不可测。"敦怒曰："尔寿几何？"

曰:"予寿尽今日。"敦令武士执璞赴刑。二君同敦饮,席间乃隐形去。

至芦江口,召舟过钟陵,舟师辞以无人力驾船。二君曰:"但载我,我自行船。"仍戒船师曰:"汝宜坚闭目,隐隐若闻舟行声,慎勿潜窥。"于是入舟。顷刻间舟师闻舟撼摇,木叶声堕,遂潜窥,见二龙驾舟在紫霄峰顶。龙知其窥,委舟而去。二君曰:"汝不信吾教,今至此,奈何?"遂令舟师乃隐此峰顶,教服灵草,授以神仙术。舟之遗迹,今尚存焉。

许后在豫章遇一少年,容仪修整,自称慎郎,许与之话,知非人类。既去,谓门人曰:"适少年乃蛟蜃精,吾念江西累遭洪水为害,若不剪除,恐致逃遁。"遂举道眼一窥,见蛟精化一黄牛于沙地。许谓弟子施太玉曰:"彼黄牛,我今化黑牛,仍系以白巾与斗,汝见之,当以剑截彼。"俄顷二牛奔逐,太玉以剑中黄牛之股,因投入城西井中,黑牛亦入井,蛟精径走。先是,蛟精在潭州化一聪明少年,又多珍宝,娶刺史贾玉女,常旅游江湖,必多获宝货而归。至是空归,且云被盗所伤。须臾,典客报云:"有道流许敬之见使君。"贾出接坐,许曰:"闻君得佳婿,略请见之。"慎郎托疾不出。许厉声曰:"蛟精老魅,焉敢遁形!"蛟乃化本形至堂下,许叱咤空中神杀之。又令将二儿来,许以水喫之,即成小蛟。妻贾氏几变,父母力恳乃止。令穿屋下丈余,皆是水际,又令急移,俄顷官舍沉没为潭。今踪迹宛然。

许后以东晋太康二年八月一日,于洪州西山举家白日上升。

颜　鲁公颜真卿罗浮尸解

颜真卿问罪李希烈,内外知公不还,皆饯行于长乐坡。公醉,跳踯抚楹曰:"吾早遇道士云:'陶八八授刀圭碧霞丹,至今不衰。'又曰:'七十有厄即吉,他日待我以罗浮山。'得非今日之厄乎?"公至大梁,希烈命缢杀之,瘗于城南。希烈败,家人启柩,见状貌如生,遍身金色,须发长数尺。归葬偃师北山。

后有商人至罗浮山,见二道士树下弈棋。一曰:"何人至此?"对曰："小客洛阳人。"道士笑曰："幸寄一封书达吾家。"北山颜家子孙得书大惊，曰："先太师亲翰也。"发冢，棺已空矣。径往罗浮求觅，竟无踪迹。又曰："先太师笔法，蚕头马尾之势，是真得仙也。"

青琐高议前集卷之二

群 玉 峰 仙 籍 牛益梦游群玉宫

进士牛益,莱州人。益少侍亲江湘守官。益志意潇洒,所为俊壮,尤重然诺,平生未尝轻许人,士君子慕之。求学京师,闭户罕接人事。

一日,出都东门,息柳阴下,忽然困息,若暴疾,乃依古柳而坐。俄若寐,神魂若飞,至一处,高门大第,朱楹碧槛,房殿势连霄汉。益询门吏:"此何宫观?"吏云:"群玉宫也。"益谓吏曰:"居此宫者何人也?"吏曰:"此宫载神仙名籍。"益平日好清虚,恳求吏入宫。吏曰:"常人不可往。"益坐门,少选有乘马而至,吏迎候甚恭。下马,益熟视,乃故人吴内翰臻。益喜,拜言:"久暌阔,幸此相遇。公去世,今居此乎?"公曰:"吾掌此宫。"益云:"闻此宫皆神仙名氏,可一见乎?"公曰:"子志意甚清,加之与吾有旧,吾令子一见,以消罪戾。"公令益执其带则可同往,不然不可也。益执公带,步过三门,方见大殿九楹,堂高数丈,殿上皆大碑,壁蒙以绛纱。公命益立砌下,公升殿举纱,益望之,白玉为碑,朱书字其上,上有大字云:"中州天仙籍。"其次皆名氏,其数不啻数千。其中惟识数人,他皆不知也。所识者乃丞相吕公夷简、丞相李公迪、尚书余公靖、龙图何公中立而已。

乃下殿,与益在小室闲话。益曰:"天仙之详,可得闻乎?"公曰:"自有次序,真人而上,非子可知也。道君次真人,天仙次道君,地仙次天仙,水仙次地仙,地上主者次水仙。率皆正功行进补,方递升仙陛。"益曰:"所见者皆当世之公卿,何也?"公曰:"今世之守令亦异于常,况公相登金门,上玉堂,日与天子谋道者乎?此固非常人能至其地也。"益曰:"今居世卿相,率皆仙乎?"公曰:"十中八九焉。"益曰:"丞相富公弼,高卧伊洛,国之元老,岂其仙乎?"公曰:"富公自是昆台真人,况有寿,九十三岁方还昆府。"益曰:"公今何职?"公曰:"吾更三百年方补地上主者。"益曰:"主者又是何官?"公曰:"今之掌五岳四渎名山大川者也。"公曰:"子宅今在汴河柳下,若久不归,汝宅舍且坏矣。"遽命一吏送焉。

益至河,吏引益观河,为吏推堕其中。益乃觉,身坐古柳下。夜已一更,昏黑,旁有巡卒守之,曰:"子疾乎?我属守之不敢去。讯之则不应,扶之则不动,若死者,但有微息出入。子何若而又遽醒也?"益不告之。是夜宿都门外邸中,明日题诗壁上而去。其诗今尚存焉。诗曰:

> 须信出尘事,分明在目前。
>
> 几多浮世客,俱被利名牵。

议曰:益,淳雅有信义者也。常与人言此事,故皆信之。益今七十岁矣,而色莹然若年少人,多游云水,不时来都下,今尚存焉。

慈　云　记梦入巨瓮因悟道

慈云长老姓袁,始名道,益州市人。家甚窭,母织席为业,少供盐米醯醢之给,皆自专之。暇日则就邻学从役,以补束脩。既久,师恤其勤,尽术诲之。道乃益自勉励,厚自染磨。学成,求试于秋官,高捷乡书,得去于上都,待试南宫。俄染沉疴,既久,生意几亡,困卧客馆,装囊素薄。洎愈,已明省榜矣。道极叹惋。

不久春晚,友人强邀游西池。波澄万顷寒碧,桥飞千尺长虹,水殿澄澄,彩舟泛泛,士人和会,箫鼓沸溢,憧憧往来,莫知其数。行于游人中失其友,道乃独步访寻。久忽见一僧立于池岸,若素识,延颈望道,略不回目。道乃揖之。僧曰:"子风骨清羸,久行倦怠。"道告曰:"久客輂毂,卧病缠绵。"僧曰:"弊院非远,暂邀长者可乎?"道即与僧同行。由池面去不百步,道北有小室,入门土阶竹窗,僧邀坐。僧曰:"吾暂息。少时子亦可休于此矣。"僧乃就榻。

道性本恬静，甚爱清洁，见此居惟屋三间，一无所有，似无烟爨气味。中室惟巨瓮一枚，破笠覆之。道私念：此瓮必积谷其中。试举其笠，瓮中明朗若月光。道俯视，则楼台高下，人马往来，有若人世。有人呼道名姓，道应之，则随声已在其中。道都忘前事。有宰相李文国召道为宾，文国爱其才学，又以女妻之。是年秋试，文国以道名上于春官，道中魁选，唱第宸庭，道为天下第一。初授南都通理，不久诏还开府仪同三司。斯时天子方征北狄，道上奏云：

　　臣本书生，幸逢圣世。继叨禄食，久冒官荣，素无敏才，不能图报。猥仕严近，承乏谏垣。敢竭愚衷，上补圣政。近者丑类内侵，疆边幅塞，吏不善抚绥远人，则生猜异。兴师十万，深入虏庭，飞刍挽粟，帑竭廪虚。州军授钺，面奉圣颜。取敦煌之旧地，为大国之提封。臣究前书，深明至理。攻夷狄如以明珠弹雀，虽得亦亡其珠矣；得彼地犹石田，不可耕也。故人谓御戎无上策，臣思之未为至论。臣以忠信结之为上策，择将守边为次策，以兵伏之为中策，以女妻之为下策，玉帛结之为无策。臣虽甚愚，不识忌讳，身有言责，固当上陈。

帝喜其奏，诏授中丞。危言鲠直，倾动朝野，奸邪沮气，中外属望。俄而拜道居政地，曲尽弼谐之理，天下称为贤相。天子立马得女为后，而废王皇后。道极谏曰："陛下无故废一后，天下谓陛下如何也？"庭夺马后策投殿砌下。帝大怒，即日贬琼州司马，即就道。至琼州，与妻子对泣曰："布衣致身卿相，足矣。今得脱死，归见故乡，休官高卧，尽我余年。"妻曰："我有谋，君能从吾，可以生还。"道曰："何谋而可还也？"妻曰："内臣继忠，帝方宠用，公以千金投之，当获其报。"道命童赍金宝献继忠，言于帝，道乃得还都，居私第。会谏臣论其忠，复拜相。帝方大兴军征辽，道复为奏，言甚鲠忤。妻谓道曰："昔在南琼，四望瘴烟，昏相守，常对而泣，愿见还故里，归骨田原，莫可得也。今再用于朝，又欲触圣怒，逆龙鳞，自取其祸败。"道曰："吾志已决，多言何为！"帝怒，罢相，归于私第。时帝叔魏王有忠谊，多与道往还。后王萌逆节，金台上奏，言道已罢相，怨望朝廷，又教王叛。帝震怒，朝服斩东市。道别妻曰："忆昔钓锦水，沿锦岸嬉戏，今日思之，不可复得。"于时刀剑在前，丧车在后，观者如堵，神魂飞扬。道坐裀上，莫敢回顾。刃拂然及颈，道乃觉身在瓮傍。回视僧拭目方起，恍然而醒，矍然而兴。僧曰："贤者以此营心，意窒吾欲，而诱吾归。"乃再拜，谓僧曰："富贵穷寒，命也，此天之所以生命；心气，此身之所有。吾将听于天，而养乎内。"僧曰："是矣。"乃送道出门。数步，回顾僧与寺俱不见。

翌日，道遂别都门西归，至益州，剃发披缁，居大慈寺。禅腊俱高，修行淳洁，合寺推尊。不久，大众请升堂，道敷演妙门，开导圣意，闻者冰释。衣惟一衲，食即一盂。升堂七十年，学者云集。

尚书张咏镇益州，知师德，乃往见师。师促膝拱手，高座禅榻。公讶其慢，怒见乎色。公曰："师能禅乎？"师曰："然。"师乃引杖击故燕窠曰："击彼无明当，从教透网罗。"公为念甚久乃去，然公知师异人也。

他日，公与锦水道士杨绪同谒师。绪亦辩敏，时过日中，有负束薪过堂下者，绪曰："秃棘子将安用也？"师曰："用以覆君墙，盖防贼盗事。"公大笑，由是益于师往还。异日，师升座，公与郡官往听焉。众散，公与师促膝静坐。公曰："何路去得西天？"师曰："济川须用楫，渡水必从桥。"公曰："若无桥，如何过得？"师曰："渡水无桥过，凭河必湛身。"公曰："无桥有船亦可也。"师曰："乘船虽可渡，不若涉桥安。"公曰："桥亦有坏时。"师云："船覆寻常事，桥摧乃偶然。"公由是与师为忘形友。通判牛注谓师曰："天堂地狱有之乎？"师曰："宁可无而信，不可使有而不信也。"张深以为至言。公病期月愈，召师郊外，以快心目，乃作诗赠师，诗曰：

相见溪山无限好，相迎和笑步云霞。

共知乐道闲方健，且喜新年鬓未华。

不向目前求假景，自于心地种真芽。

须知达摩儿孙盛，祖席重开一叶花。

一日，开元寺僧惠明告师曰："欲新钟阁，别造佛殿，若得师一言，则其缘易化，殿阁不日成矣。"师曰："吾非造恶人，尔何故遣为此事？"惠明曰："为造佛殿阁乃福善之大门，师何故有此言也？"师曰："佛阁，求之乎？汝自欲造之乎？佛无故求于汝，汝自为之也。今之佛宫，凌云之阁，万木之殿，回廊四合，台榭相连，万瓦鳞鳞，轩牖金碧，虽世之王公大人之居，不能敌此也。子之身，一席之地足矣。今市里蓬蒿之间，民无立锥之地，或税居，或茅屋，亦足以庇身。子欲天下之财尽归汝乎？"惠明曰："彼自乐施也。"师曰："安得乐施？汝虚高天堂以喜人，妄起地狱以惧人，施其财则获福，背其义则陷罪，是汝胁而取之也。以教言，与，汝有所福，不与，汝有何罪报之也？"惠明曰："佛言喜舍何也？"师曰："吾乃空门也。不耕不桑，无所自养。第以食养性，默行善道，彼见而喜，乃曰吾衣采耳，此所谓喜舍也。施不求报，不祈福，自然之施。"惠明曰："师言佛之宫坏而不振，岂主张吾道者焉？"师云："子所言外，吾所言内也。昔吾圣人之教后人也，使去其发，又褐其衣，一食以饱其腹，一榻以去其欲，俾其性不乱，而入于空寂之间。汝以无厌之求，侵渔其民，今子身庇大厦之居，口食酥油之上味，体被绫縠之鲜丽，而又更求自丰，不知彼乏，岂吾佛之本心哉？汝宜入幽狱，永为下鬼。"因叱之。惠明乃礼师，师又杖击之云："醒未？"惠明曰："此身将出醉中矣。"作礼而去。

寺僧有炼指者，报师，师答之曰："汝何故自弃伤父母之遗体？"僧曰："火指供佛当以无上报，师反拒之，然教中实载之矣。"师云："佛之立言割截肢体，人有本根六恶之情，肢体尚可截，而岂不能断彼哉？此吾佛之善喻。至于古有燃灯佛，乃燃心灯耳。心自明，可以照无明。吁！吾佛大智慧也，大慈悲也，大聪明也。子当炼指之时，子面若死灰，痛苦万状，佛见子当忧戚焉，又安得而乐乎？子何愚如此！"僧于是曰："我悟焉。"不复火指。张公闻师之言，曰："此活佛也。"

师沐浴非时，忽击鼓集众，谓曰："吾将去世，与子等别。"复开说百千妙门，又作诗别张公。诗曰：

来自无中来，去自无中去。总是恁地去，莫要错却路。爱民民皆慕，慎则增福佑。若能行此路，共君一处住。

乃掷笔于地，收足耸肩端坐，奄然化去。公见其诗，闻其事怆然，亲观师之化形，五体投地，不胜悲叹。乃舍俸作塔，迄今师身存焉。

议曰：今之释子，皆以势力相尚，奔走富贵之门，岁时伏腊，朔望庆吊,惟恐居后。遇贫贱,虽道途曾不回顾。见师之行,议论圣人之根本,得无愧于心乎?

书　仙　传曹文姬本系书仙

曹文姬,本长安娼女也。生四五岁,好文字戏,每读一卷,能通大义,人疑其夙习也。及笄,姿艳绝伦,尤工翰墨。自笺素外至于罗绮窗户,可书之处,必书之,日数千字,人号为书仙,笔力为关中第一。当时工部周郎中越、马观察端,一见称赏不已。家人教以丝竹,曰:"此贱事,吾岂乐为之! 惟墨池笔冢,使吾老于此间足矣。"由是藉藉声名,豪贵之士,愿输金委玉求与偶者,不可胜计。女曰:"此非吾偶也。欲偶者,请托投诗,当自裁择。"自是长篇短句,艳词丽语,日驰数百,女悉阿意。

有岷江任生,客于长安,赋才敏捷,闻之喜曰:"吾得偶矣。"或问之,则曰:"凤栖梧而鱼跃渊,物有所归耳。"遂投之诗曰:

> 玉皇殿前掌书仙,一染尘心谪九天。
>
> 莫怪浓香薰骨腻,霞衣曾惹御炉烟。

女得诗,喜曰:"此真吾夫也,不然何以知吾行事耶? 吾愿妻之,幸勿他顾。"家人不能阻,遂以为偶。自此春朝秋夕,夫妇相携,微吟小酌,以尽一时之景。如是五年,因三月晦日送春对饮,女题诗曰:

> 仙家无夏亦无秋,红日清风满翠楼。
>
> 况有碧霄归路稳,可能同驾五云游?

吟毕,呜咽泣曰:"吾本上天司书仙人,以情爱谪居尘寰二纪。"谓任曰:"吾将归,子可偕行乎? 天上之乐胜于人间,幸无疑焉。"俄闻仙乐飘空,异香满室,家人惊异共窥,见朱衣吏持玉版朱书篆文,且曰:"李长吉新撰《玉楼记》就,天帝召汝写碑,可速驾无缓。"家人曰:"李长吉,唐之诗人,迄今三百年,焉有此妖也。"女笑曰:"非尔等所知,人世三百年,仙家犹顷刻耳。"女与生易衣拜命,举步腾空,云霞烁烁,鸾鹤缭绕,于是观者万计。以其所居地为书仙里。

长安小隐永元之善丹青,因图其状,使余作记,时庆历甲申上元日记。

广谪仙怨词<small>窦弘余赋作仙怨</small>

台州刺史窦弘余撰

　　玄宗天宝十五载正月,安禄山反,陷没洛阳,王师败绩,关门不守。车驾幸蜀,途次马嵬驿,六军不发,赐贵妃死,然后驾发。行次骆谷,上登高下马,谓力士曰:"吾苍皇出离长安,不辞宗庙,此山绝高,望见秦川,吾今遥辞陵庙。"因下马望东再拜,呜咽流涕,左右皆泣。谓力士曰:"吾听九龄之言,不到于此!"乃命中使往韶州,以太牢祭之。<small>中书令张九龄每因奏事对,未尝不谏诛禄山,上怒曰:"卿岂有王夷甫识石勒,使杀禄山?"于是不敢谏。</small>因上马,遂索长笛吹一曲,曲成,潜然流涕,伫立久之。时有司旋录成谱,请曲名,上不记之,视左右曰:"何得有此?"有司具奏:以骆谷望长安,下马后索长笛吹出。良久曰:"吾省矣。吾因思九龄,亦别有意,可名此曲为《谪仙怨》。"其旨属马嵬之事。厥后以乱离隔绝,有人自西川传得者,无由知之,但呼为《剑南神曲》,其音凄切,诸曲莫比。大历中,江南人多为此曲。随州刺史刘长卿左迁睦州司马,祖筵席上吹之。长卿遂撰其词,意颇自得,盖亦不知其本事。其词云:

> 晴川落日初低,惆怅孤舟解携。
> 鸟去平芜远近,人随流水东西。
> 白云千里万里,明月前溪后溪。
> 独恨长沙谪去,江潭春草萋萋。

　　余在童时,亦闻长老话其事颇熟,而长卿之词甚是才丽,与本曲意兴不同。余既备知,聊因暇日掇撰其词,复命乐工唱之,用广不知者。其词曰:

> 胡尘犯阙冲关,金辂提携玉颜。
> 云雨此时消散,君王何日归还?
> 伤心朝恨暮恨,回首千山万山。
> 独望天边初月,蛾眉犹自弯弯。

并以为窦史君序《谪仙怨》云。

　　刘随州之诗未知本事，及详其意，但以贵妃为怀。明皇登骆谷之时，本有思贤之意，窦之所制，殊不述焉。因更广其词，盖欲两全其事，虽才情浅拙，不逮二公，而理或可观，贻诸识者。词云：

　　　　晴山凝日横天，碧映君王马前。

　　　　銮舆西幸蜀国，龙颜东望秦川。

　　　　曲江魂断芳草，妃子愁凝暮烟。

　　　　长笛此时吹罢，何言不为婵娟。

青琐高议前集卷之三

高　　言杀友人走窜诸国

高言字明道,京师人。好学,倜傥豪杰,不守小节,酒酣气壮,顾命若毛发,是人莫与结交。其或风月佳时,宾朋宴聚浩歌,音调慷慨,泣下云:"使我生高光时,万户侯何足道哉!"好高视大,论言狂讦,直攻人过,不顾名节。家资荡尽,乃游中牟,干友人,作诗曰:

> 昨夜阴风透胆寒,地炉无火酒瓶干。

> 男儿慷慨平生事,时复挑灯把剑看。

翌日,友人以双缣赠之。言怒,掷缣殴其价曰:"何遇我之薄!"他日闲游,遇前友人于途,数之曰:"子平日客都下,吾接子以礼。及子归,吾厚饯子。今此来,而子托以他适。吾何负子?今不舍子!"因探囊取匕首杀之,并杀其从者二人。言思身触宪网,无所取逃,驰入京见故人柳敷,以实告:"吾当走南北,以延旦暮。"柳赠帛为别。

后属仁庙崩,新君即位,有罪者咸得自新。归见柳云:"吾得复归,身如更生,向时使气,徒自悔恨。言别后,北走入胡地,数日为候骑所得,絷我两马间以献名王。王问:'汝长于何术?'对:'知书数,能诗,善臂鹰放犬。'名王颇喜,由是久之。王如漠北,令吾往焉。二十余日,方至其地,黄沙千里,不生五谷。地气大寒,五月草始生,木皮二寸,冰厚六尺,食草木之实,饮牛羊之乳。名王为吾娶妻,妻年虽少,腥膻垢腻,逆鼻不可近。夜宿于土室,衣兽皮,胡妇不通语言,吾是时思欲为中国之犬,莫可得也。凡在漠北不见生草,时亦得酒饮并面食,皆名王特令人遗吾也。吾自思:此活千百年,不若中国之生一日也。日逐胡妇,刈沙草,掘野鼠,生奚为也!或临野水自见其形,不觉惊走,为鬼出于水中,枯黑不类可知也。一日,胡妇为盗去,吾愈不足,为书上名王,得还旧地。他日,名王至境上,吾夜盗骑马南走,至吾国，纵其马归。因夺牧儿之衣，易去吾服，南走二万里，至海上广州。会有大舶入大食，吾愿执役从焉。舶离岸，海水滔滔，有紫光色，惟见四远天耳。鲸鲵出没，水怪万状，二年方抵大食。地气大热，稻岁再熟。王金冠，身佩金珠璎珞，有佛脑骨藏于中宫。人亦好斗，驱象而战。百羊生于地中，人知羊将生，乃筑墙环之，羊脐于地，人挞马而奔驰叫呼，羊惊脐断，便逐水草。大食南有林明国，大食具舟欲往，吾又从之，一年方至。国地气热甚于大食，稻一岁数熟。人皆裸，惟用布蔽形。盛暑则以石灰涂屋坚密，引水其上，四檐飞注如瀑布，激气成凉风，其人机巧可知也。王坐金车，有刑罚：杀人者复杀之，折人者复折之；他犯小过者，罚布一尺，归之王。王之宫极富，以金砖甓地，明珠如栀李者莫知其数，沉香如薪，亦用以爨。林明国曾发船，十年不及南岸而回。中间有一国，莫知其名，人长数寸，出必联络。禽高数尺，时食其人，故出必联络耳。闻东南有女子国，皆女子，每春月开自然花，有胎乳石、生池、望孕井，群女皆往焉。咽其石，饮其水，望其井，即有孕，生必女子。舟人取小人数人载回，中道而死。海中有大石山，山有大木数十本，枝上皆生小儿。儿头著木枝，见人亦解动手笑焉。若折枝，儿立死。乃折数枝归，国王藏于宫中。吾往林明国六年，又闻东南日庆国，林明有船往焉，吾又从之。既至，结发如鸟雀，王坐石床上，无礼义乱杂，最为恶秽。争斗好很，妇女动即相杀戮。无刑罚，犯罪，王与人共破其家而夺之。南有山，远望日照之如金，至则皆硫黄也。硫黄山之南，皆大山焉。火燃山昼夜不息，火中有鼠，时出火边，人捕之，织其毛为布造衣。有垢污则火中燃之即洁也。吾得数尺存焉。吾厌彼，复还。会有船归林明，吾登其船，娶妇方生一子逾岁，奔而呼吾。回国舟已解，知吾意不还，执子而裂杀之。自林明回大食，航海二年方抵广。吾不埋黄沙之下，免藏江鱼之腹，奔走二十年，身行至者四国。溪行山宿，水伏蒿潜，寒热饥苦，集于一身。以逃死，幸得余息，复见华风。间心自明，再游都辇，复观先子丘垅。身再衣币帛，口重味甘鲜。有人唾吾面，扼吾喉，拊吾背，吾且俯首受辱，焉敢复贼害人命乎！"

余惊其人奔窜南北，身践数国，言所游地，人物诡异，因具直书之,且喜其人知过自新云耳。

议曰:马伏波云:"为谨愿事,如刻鹄不成犹类骛者也;学豪
侠士,如画虎不成反类狗者也。"此伏波诲子弟,欲其为谨肃瑞雅
之士,不愿其为豪侠也。尝佩服前言,恃其才,卒以凶酗而杀人
害命。其窜服鬼方苦寒无人境,求草水之一饮,捕鼠而食,安敢
比于人哉?得生还以为大幸,偶脱伏尸东市,复齿人伦,亦万之
一二也。士君子观之以为戒焉。

寇 莱 公誓神插竹表忠烈

寇莱公赴贬雷州,道出公安,剪竹插于神祠之前而祝之曰:"準之
心若有负于朝廷,此竹必不生。若不负朝廷,此竹当再生。"其竹果
生。又云:公贬死于雷州,诏还葬,道过公安,民皆迎祭,斩竹插地,
以挂纸钱而焚之,寻复生笋成林。邦人神之,号曰"相公竹"。

娇 娘 行孙次翁咏娇娘诗

余友孙次翁,幼负才不羁,贵家多慕其名,所与往还皆当世伟人。
一日,出所为《娇娘行》示余,意豪而清,文富而丽,辞旨完赡,有足嘉
尚,因载于集。设值其才,成其音律,播诸乐府,岂不宜哉!

娇娘,小字也,姓孙名枢,字于仪。自垂髫时,余见之山阳郡。善
歌舞,学诗词,谈论端雅,俨然有君子之风。十六嫁登人解氏,二十为
夺其志,遂居江淮间。当时名宦,莫不爱赏。熙宁丙寅岁,余自杭及
苏,北渡江过仪真郡,有潇湘之逢,开樽话旧,各尽所怀,遂作《娇娘
行》。其词曰:

楚宫女儿身姓孙,十五绿鬓堆浓云。脸花歌笑艳杏发,肌玉
才近红琼温。仙源曾引刘郎悟,天教谪下风尘去。策金堤上起
青楼,照水花间开绣户。山阳天下居要冲,春行处处皆香风。花
名乐府三千辈,惟君第一娇姿容。画舫骄马日过门,过者知名求
见君。侍君颜色肯一顾,方肯延入罗芳樽。遏云数声贯珠善,惊

鸿舞态流风转。不是当朝朱紫人，歌舞筵中难得见。朝英国士
相欢久，学诗染翰颜兼柳。卫尉卿男号富儿，黄金满载来见之。
朝欢夕宴奉歌酒，春去秋来情愈厚。青丝偷剪结郎心，暗发深诚
誓婚偶。深更不与家人露，藏头掩面随郎去。千里相从人不知，
鸳鸯比翼凌云飞。帝城风物正春色，与郎遍赏游芳菲。郎去高
堂负父意，父亲惜子情难制。六礼安排迎入门，且图继嗣延家
世。铨行补吏任忠州，整袖长江同泝流。瞿塘滟滪遍经历，二年
惟爱居蛮陬。解官入京重调转，空闺独坐居京华。伤离感疾时
召鬶，无何楚客皆闻知。急具高堂报阿母，母怒大发如风雨。来
见娇娘大嗟怨，怒声肆骂千千遍。扶夺上马去如飞，争奈郎纵相
去远。回到娘家三四春，双眸盈疾愁见人。蕙心兰性欲枯死，盘
金匣玉都埃尘。阿母养身今已报，从今所得多金宝。誓心不嫁
待郎音，烟波万里难寻耗。迩来泛迹渡金陵，住近仪真江外亭。
北提征辔过花院，分明认得娇娘面。旧家云鬓慵理妆，泪裛罗襟
金缕溅。灯前相顾问行年，一别音容何杳然？君今三十未为老，
昔时青发今华颠。君容若入襄王梦，我才曾试光明殿。秋江夜
醉话平生，坐抱琵琶船上宴。娇娘娇娘真可惜，自小情多好风
格。只恐情多误尔身，休把身心乱抛掷。君不见乐天井底引银
瓶，瓶沉簪折争奈何！

##　　琼　奴　　记宦女王琼奴事迹

琼奴姓王，湖外人王郎中之女。不言其里，隐之也；不广其名，讳之也。父
刺琼馆而生，因以名。琼奴年十三，父为淮南宪，所至不避贵势，发谪
官吏，按历郡县，推洗刑垢，苟有所闻，毫发不赦。属吏震恐，莫敢自
保。琼当是时方居富贵，戏掷金钱，闲调玉管。初学吟诗，后能刺绣。
举动敏丽，父母怜爱。是时琼父以严酷闻于中外，罢宪归，死于辇下。
琼母亦不久谢世，其囊橐尽归兄嫂分挈以去，所有金珠衣物不及百
缗。兄嫂散去，琼旁无强近之亲，孤处都下。

　　琼先许大理寺丞张实子定问，张知琼孤且贫，遣人绝之。琼泣

曰:"虽有媒妁之约,我命孤苦无依,不能自振,彼绝我甚易,我绝彼则难。"遂见弃张氏。琼久益困,或为邻妇里女访之云:"向能固守,今不可得,人能择子,子不能择人。我为尔代嫁某人子可乎?"琼曰:"彼工商贱伎,安能动余志?"又不谐。岁余,琼大窘,泣曰:"蔓短不能攀长松,蝇翼安能附骥尾。家无蔽体之衣,则为僵尸;地无三日之食,则饥且死。此身不得齿人伦矣。"会佣者妪知,乃欺之曰:"子虽肌发形骨分甚端丽,奈囊无寸金,谁肯顾子? 有赵奉常累世簪裾,家极丰富,俾子为别室,虽非嫁亦嫁也。舍此则子必饿死沟中矣。"琼泣许之。

翌日,妪持金毂,携珠翠之饰,与琼服之,乃登车。是时琼方年十八岁,修目翠眉,樱唇玉齿,绀发莲脸,赵一见倾心慕爱。琼小心下气,尽得内外欢心。同列者见嫉,谗之于主妇。妇大恶之,遂生垢骂。久则浸加鞭扑毁辱,延及良人,赵弗敢顾。琼愈勤,主愈不乐。琼语赵曰:"堂堂男子,独不能庇一妇人乎?"赵曰:"吾自恐愧无地,子无绝我。"琼知无所告,灰心凌毁鞭挞之苦,每春日秋风,花朝月夜,怀旧念身,泪不可制。

赵赴官荆楚,出淮,馆荒山古驿。琼感旧无所摅发,闷书驿壁,使有情者见之伤感称道。好事者往往传闻。王平甫为之作歌,辞意精当,盛传于世。今以平甫之歌泊琼所题之文,具载于此,使后之人得其详也。

琼 奴 题 记琼奴题淮山驿

其题于壁曰:

昨因侍父过此,时父业显宦,家富贵,凡所动作,悉皆如意。日夕宴乐,或歌或酒,或管弦,或吟咏,每日得之,安顾有贫贱饥寒之厄也! 嘉祐初,不幸严霜夏坠,父丧母死,从其家世所有悉归扫地。兄弟散去,各逐妻子,使我流离狼狈,茫然无归。幼年许嫁与清河张氏,迨其困苦,遽弃前好,终身知无所偶矣。偷生苟活,将以全身,岂免编身于人,遂流落于赵奉常家。其始也,合族皆喜,一旦有行谮之祸,遽见弃于主母,日加鞭棰,欲长往自逝,不可得也。每欲殒命,或临其刀绳二物,则又惊叹不敢向。平昔之心皎皎,虽今复过此馆,见物态景色如故,当时之人宛如在左右,痛惜嗟叹,其谁我知也? 因夜执烛私出,笔墨书此,使壮夫义士见之,哀其困苦若是。太原琼奴谨题。

王平甫咏琼奴歌

其歌曰:

惊风吹云不成雨,落叶辞柯宁择土。飘飘散叶如之何? 茹苦食酸君听取。淮山苍苍古驿空,壁间题者琼奴语。琼奴家世业显官,过此驿时身是女。银鞍白马青丝缰,红襦织出金鸳鸯。宝队前呵路人避,绣幕后拥春风香。弟兄追随似鸿雁,严亲气概临秋霜。州官邀临县官送,下马传舍罗壶浆。仆夫成行奏弦管,侍姬行酒明新妆。朝歌暮饮不知极,已许结发清河郎。明年父丧母继死,弟兄流离逐妻子。哀哀琼奴无所归,郎已弃奴奴已矣。饥寒渐渐来逼身,富贵回头如梦里。从兹转徙奉常家,于初才见始惊喜。偷生苟活聊托身,谗言或入夫人耳。衾寒转展遮泪眼,残月射窗嗔起晚。执巾持帚先众姬,无奈夫人责慵懒。织罗日日遭鞭棰,经年四体无完肌。每期殒命脱辛苦,刀绳向手还惊疑。今朝侍行复此驿,景物完全人已非。悠悠万事信难料,耿耿一心徒自知。西廊月高众人睡,展转空床独无寐。昔日宁知今日愁,五尺罗巾拭珠泪。潜行启户防人知,把笔亲临素壁题。自陈本末既如此,欲使壮夫观者悲。哀哀琼奴何戚戚,翻作长歌啾唧唧。弟兄可戮郎可诛,奉常家法妻凌夫。傥知琼奴出宦族,忍使无故受鞭扑? 我愿奉常闻此歌,琼奴之身犹可赎。千金赎去觅良人,为向污泥濯明玉。

李　诞　女李诞女以计斩蛇

东越闽中有庸岭,高数十里,其下北隰中有大蛇,长八丈,围一丈,土人常惧。东治都尉及属城长史多有死者,祭以牛羊,故不得祸。或与人梦,或谕巫祝,欲得娶童女年十二三者。都尉令长患之,共求人家生婢子,兼有罪家女养之,至八月朝祭送蛇穴口,辄夜出吞噬之。累年如此,前后已用九女。

一岁将祀之，募索未得。将乐县李诞有六女，无男，其小女名寄，应募欲行。父母不应。寄曰："父母毋相留，今汝有六女无一男，虽多奚为？女无缇萦济父之功，既不能供养，徒费衣食，生无益不如早死，卖寄之身，可得少钱，以供父母，岂不善耶？"父母慈怜不听去，终不可禁止，乃听寄行。寄请好剑一口，及咋蛇犬数头。至八月朝，使诣庙中坐，怀剑絷犬，先作数十米糍蜜面，以置穴口。蛇夜便出，头大如囷，目如二尺镜，闻糍香气，先啖食之。寄便放犬就啮咋，寄从后断斫蛇，因拥出至庭而死。寄入视穴，得其九女髑髅，悉举出，咤言曰："汝曹怯弱，为蛇所食，甚可哀怜。"于是寄女缓步而归。

越王闻之，聘为后，拜其父为将乐令，母及子皆有赐赏。自是东治无复有妖邪焉。

郑　路　女 郑路女以计脱贼

郑路昆弟有为江外官者，路携妻女随之。一夕，维舟江渚，群盗掩至，郑以所有金帛列于岸上，而恣贼所取。贼一不犯，但求小娘子足矣。其女有美色，贼潜知之。骨肉相顾，无以为答。女欣然请行，其贼具小舟载之而去。女谓贼曰："君虽为偷儿，得无所居与亲族乎？然吾家衣冠族属，既为汝妻，岂可无礼见遇？若达汝家，一会亲族，以托好逑足矣。"贼曰："诺。"又指所偕来二婢曰："公既以偷为名，此婢不当有。我为公计，不若归吾家。"贼见女之貌美而且顺，顾已无不可从，即弃二婢，挟女鼓棹而去。女即赴江死，时人贤之。

青琐高议前集卷之四

王 寂 传王寂因杀人悟道

大宋王寂，汾州邑人也。不妄然诺，尤重信义。里人云："得千金不如寂之一诺。"其为乡间信重如此。为文不喜从少年辈趋时，由是落魄，不售于有司。一日，拊髀仰面叹曰："大丈夫当跃马食肉，取富贵易若拾芥。使吾逢高光时，与韩彭并辔，长驱中原，取封侯，臂悬金印大如斗。反从小后生辈为声律句，组绣对偶，低回周旋笔砚间，使人奄然无气。设或得入仕，方折腰升斗之粟，所得几何哉！"乃毁笔砚，裂冠服，向所蕴藉，一无所顾。日就旗亭民舍里儿社父饮醇酒，恣胸臆，陶然得兴，累日忘归。酒酣耳热，醉歌春风，往往踞坐击铜壶为长谣，音调慷慨，流泪交下。

一日，有邑尉证田讼，入邑前道，吏趋门传呼甚肃。时寂酒方盛，气愈壮，垂手瞋目不避。吏责其慢，遂侵辱寂。寂怒，以手批吏，首抵墙上，堕三齿。寂大呼而出，叱尉下马，就夺所佩刀划地数尉曰："子贿赂公行，反覆曲直，民受其弊，其罪一也。冒货践秽，残刑以掩其迹，其罪二也。子数钟之禄，其职甚卑，妄作威势，纵小吏欺辱壮士，其罪三也。"乃就斩尉，并害其胥保十数人，死伤积道，血流染足。比屋民居，阖户莫敢出。寂置剑于地，呼其常与饮博侪类，聚而言曰："尉不法辱人，不杀之，无以立勇。今吾罪在不宥，吾将入溪谷以延朝夕之命。从吾与吾盟，不乐亦各从尔志也。"无赖恶少年皆起应之，相与割牲祭神，结为友。出入数百，椎牛、椎豕，掠墓、劫民、烧市，取富贵屋财，民拱手垂头，莫敢出气。白昼杀人，官吏引避；视州县若无有，观诏条如等闲。

久之属章圣上仙，一切无道得从自新。寂闻阴喜，乃取酒饮其徒，告之曰："山行水宿，草伏蒿潜，跳跃岩谷中，与豺虎为类，吾志已倦。今幸天子濡大泽，以洗天下罪恶，吾党转祸为福之祥，愿从吾者皆行，不然吾自为计。"党中有鼠辈睥睨，颜色拂厉，悖语嗫然，寂捽斩之坐前。他皆跳跃叫呼曰："吾今得为良民，归见故乡亲戚，死无恨焉。"寂率众皆出，有司系之，请命于朝。朝宿闻其名，得赴阙，许自陈其艺，欲以一官荣之。

寂至阙，宿闻阛阓门外逆旅。久未见朝命，其心站站若惊风所抑，无所著。一日，扣户声甚急，寂惊起，开户出，见黄冠道士自外入，笑曰："群玉峰前，子悟之乎？"寂方默然，回顾道士袖间出镜，谓寂曰："子能视之，则可悟也。"寂收神定息视之，澄湛莹彻，清光满室。中有山川，远岫平田，飞瀑流泉，山川高下，掩映其间。从北有堂庑壮丽，有坐藤床上若今佛家所为入定者一人，衣缁素衣，前披幡葆，掩护甚密。道士指之曰："此子之前身也。余，子之师也。以子尘俗未断，故令托质人间三十年，以窒其欲耳。"道士取镜后，乃失其往。寂舞剑铗，为之歌曰：

> 人间冉冉混尘埃，身后身前事莫猜。
> 早悟劳生皆是梦，当时悔向梦中来。

又歌曰：

> 当年壮气谩如虹，回首都归含笑中。
> 群玉峰前好归路，可怜三十二秋风。

寂年三十二也。明年，寂知事莫非前定，笑出都门而去，太行驿舍暴卒。同行者遂葬之西庵下。嘉祐中，雨泛坏其冢，尸出隧外，两颊拊红，脉脉如生人，而眉鬓须发，悉不少败。

熙宁中，余自太原来汴京，道出驿下，适驿下老父详其本末，故余亦得以传之，老父亦其党中人也。

王 实　传孙立为王氏报冤

国朝王实，字子厚，随州市人也。少尚气，多与无赖少年子连臂出入娼家酒肆，散耗家财，不自检束。久之得罪于父母，见轻于乡党，衣冠视之甚薄，不与之交言。实仰面长叹曰："大丈夫生世不谐，见弃如此!"乃尽窃家之金,北入帝都,折节自克,入太学为生员。苦志不自休息,尊谨师友,同志称美。为文又有新意,庠校往往名占上游,颇为时辈心服。一举进士,至省下。

庆历初,父告疾,实驰去。中道得父遗书云:"家有不可言者事,吾由是得疾。吾计必死,言之丑也,非父子不可闻。能依父所告,子能振之,吾死无恨。吾所不足者,不见子也。"言词深切,实大伤心。实至家,日夜号泣,形躯骨立。既久,家事尤零替,除服,更不以文学为意。多与市西狗屠孙立为酒友,乡人阴笑。实闻,益与立往来不绝。时时以钱帛遗立,立多拒而不受,间或受少许。人或问立曰:"实士人也,与子厚,而以物贶,子多拒之,何也?"立拊髀叹曰:"遇吾薄者答之鲜,待吾厚者报之重。彼酒食相慕,心强语笑,第相取容,此市里之交也。实之待我,意隆而情至。吾乃一屠者,而实如此,彼以国士遇我,吾当以国士报之,则吾亦不知死所也。"

一日实召立,自携醪醴出郭,山溪林木之下,幕天席地对饮。酒半酣,实起白立曰:"实有至恨,填结臆膈间久矣。今日欲对吾弟剖之,可乎?"立曰:"愿闻之也。"实曰:"吾向不检,走都下为太学生,欲学古入官以为亲荣。不意吾父久撄沉疴,家颇乏阙,吾母为一匪人乃同里张本行贿,因循浸渍,卒为家丑。吾之还,匪人尚阴出入吾舍。彼匪人尤凶恶,力若熊虎,吾欲伺便杀之,力非彼敌,则吾虚死无益也。吾欲奉公而行之,则暴亲之恶,其罪尤大。吾欲自死,痛父之遗言不雪。念匪人非子莫敢敌也,吾欲以此浼君,何如也?"立曰:"知兄之怀久矣,余死亦分定焉。兄知吾能敌彼,愿画报之,幸勿泄也。"乃各散去。

他日,立登张本门,呼本出,语之曰:"子恃富而淫良人家妇,岂有为人而蹈禽兽之事乎?吾今便以刀刺汝腹中以杀子,此懦弱者所为,非壮士也。今吾与子角胜,力穷而不能心服者,乃杀之,不则便杀子矣。"立取刀插于地,袒衣攘臂。本知势不可却,亦袒衣,立大言谓观者曰:"敢助我,我必杀之;有敢助本者,吾亦杀之。"两人角力,手足交斗,运臂愈疾,面血淋漓,仆而复起,自寅至午,本卧而求救。立乃取刃谓之曰:"子服未?"本曰:"服矣。子救吾乎?吾以千金报子。"立曰:“不可。”本曰:“与子非冤也,子杀吾,子亦随手死矣。”立笑曰:“将为子壮勇之士,何多言惜命如此,乃妄人耳。”叱本伸颈受刃。本知不免,乃回顾其门中子弟曰:“非立杀吾也,乃实教之也。”言绝,立断其颈,破胸取其心,以祭实父墓。乃投刃就公府自陈。

太守视其谳,恻然。立曰:“杀人立也,固甘死,愿不旁其枝,即立死何恨焉。”本之子告公府曰:“杀父非立本心,受教于实。”太守曰:“罪已本死,何及他人也。”立曰:“诚如太守言,不可详言之也。立虽糜烂狱吏手,终不尽言也。”太守曰:“真义士也。”召狱吏受之曰:“缓其枷械,可厚具酒馔。”后日旬余,至太守庭下,立曰:“立无子,适妻孕已八九月矣,女与男不可知也。愿延月余之命,得见妻所诞子,使父子一见归泉下,不忘厚意。”太守乃缓其狱。其妻果生子,太守使抱所生子就狱见立,立祝其妻曰:“吾不数日当死东市,令子送吾数步,以尽父子之意。”太守闻,为之泣下。立就诛,太守登楼望之,观者多挥涕。

任　　愿 青巾救任愿被殴

任愿,字谨叔,京师人也。少常侍亲之官江淮间,亦稍学书艺,淳雅宽厚之士。家粗绍祖业无他图,但闭户而已,不汲汲于名利。

熙宁二年正月上元,愿昼游街,时车骑骈溢,士女和会,愿乘酒足软,仆触良人家妇。良人大怒,殴击交至,愿惟以衣掩面不语。殴既久,观者环绕,莫知其数。有青巾旁观者忽不平,俄殴良人仆地,乃引愿而去,观者莫知其由。愿曰:“与君旧无分,极蒙见救。”青巾者不顾而去。

异日,愿又遇青巾者于途中,召之饮,乃同入市邸。既坐,熟视,目耸神峻,毅然可畏。饮甚久,愿谢曰:“前日见辱于庸人,非豪义之士孰肯援哉!”青巾曰:“此乃小故,何足称谢。后日复期子于此,无前却也。”乃各归。

愿及期而往,青巾者且先至矣,共入酒肆,酒十余举。青巾者曰:“吾乃刺客也。有至冤,衔之数年,今始少伸。”乃于裤间取乌革囊,中出死人首，以刀截为觜，以半授愿。愿惊恐，莫知所措。青巾者食其肉，无孑遗，让愿，愿辞不食。青巾者笑，探手取愿盘中者又食之。取脑骨以短刀削之，如劈朽木，弃之于地。复云："吾有术授子，能学之乎?"愿曰："何术也?"曰："吾能用药点铁成金，点铜成银。"愿曰："旗亭门有先子别业，日得一缗，数口之家，寒衣绵，暑衣葛，丽日食膏鲜，自为逾分，常恐召祸，安敢学此? 幸先生爱之!"青巾者叹服曰："如子真知命者也。子当有寿。"仍出药一粒，云："服之，百鬼不近。"愿以酒服之，夜深乃散，后不复见也。

青琐高议前集卷之五

名　公　诗　话　本朝诸名公诗话

　　大丞相李公昉尝言：当时自外镇为粗官，有学士遗外镇官茶，外镇有诗谢云："粗官乞与真虚掷，赖有诗情合得尝。"符彦卿知汴州，有诗云："全军十万拥雄师，正是酬恩报国时。汴水波涛喧鼓角，隋堤杨柳拂旌旗。前驱红旆关西将，环坐青蛾赵国姬。为报长安冠盖道，粗官到底是男儿。"公云："诗意盖有憾尔之词。"其诗牌后人取去，不知落于何地。

　　邑有白鹤观，向苏子美游于其中，壁有留题一绝。韩魏公诗，尤为人称美，诗曰："二苏遗迹匿山扃，贤相重来为发明。字久半随风雨驳，气豪尤入鬼神惊。直疑鸾凤腾云去，不假江山到骨清。人对甚时须自勉，酒豪颠草尚垂名。"公诗格万古雄豪如此。又应制仁庙御制赏花钓鱼，公之诗大为士君子称赏。公历仕三朝，匡扶二帝，社稷宗臣，国朝元老。乐善好施，晚岁无替。接引寒贱，亭午忘餐。出于天性，近古无有也。

　　李先生清臣者，北人也。方束发即才俊，警句惊人，老儒辈莫不心服。一日，薄游定州，时韩魏公知定州，先生携刺往谒见其太祝。吏曰："太祝方寝。"先生求笔为诗一绝，书于刺，仍授其吏曰："太祝觉而投之。"诗曰："公子乘闲卧绛厨，白衣老吏慢寒儒。不知梦见周公否，曾说当时吐哺无？"后魏公见诗云："吾知此人久矣。"竟有东床之选。先生后应进士，中甲科，试贤良为优等。方其射策天庭，天子临轩虚己，侍臣耸观。摇笔不逾数刻，落笔万言，皆出入九经，照厉风俗，极孔孟之渊源，尽时政之要道。天下莫不倾其风采，实当世之伟儒也。盛哉！

　　张丞相士逊，庆历年恳上封章，乞还政柄，方许还第。一日，暂出游近邑,惟一仆驭马,一仆持伞。复归,门吏讶其青盖,询问。丞相取门历书一绝云:"因思山去看山回,软帽轻纱入御台。门吏何须问张盖,两曾身到凤池来。"门吏以诗奏御。仁庙喜爱其诗意,特赐银绢各百,中使传旨云:"助卿游山之费。"朝野荣之。

蒋侍郎棠,还镇告老,高比苏公,吟咏格调清越,士君子颇称赏之。一日,有僧谒公回,将归钱塘,<small>时吕济叔住巨川。</small>愿得一书,以光其行。公曰:"吾无书,有诗饯子之行。"诗曰:"告老于君意洒然,年来无事老江边。吾师莫讶无书去,闲慢缄题必不看。"僧得诗遂行。僧将公诗陈济叔,济叔为之恻然,厚遇其僧,且以诗愧谢公焉。公之诗清而有格,意旨远到,盖皆此类也。

大丞相吕夷简,一日,有儒者张球献诗曰:"近日厨中乏所供,孩儿啼哭饭箩空。母因低语告儿道,爹有新诗上相公。"公见诗甚悦,因以俸钱百缗遗之。又为引道贵官门馆,得依栖之。公三十年居政地,引援寒贱,拯济士类,外牧守得其人,内卿大夫各举其职,太平之贤宰相也。呜呼盛哉!

范文正公镇越,民曹孙居中死于官,其家大窘,遗二子幼妻,长子方三岁。公乃以俸钱百缗赒之,其他郡官从而遗之,若有倍公数。公为具舟,择一老吏将辖其舟,且诚其吏曰:"过关防,汝以吾诗示之。"其诗曰:"一叶轻帆泛巨川,来时暖热去凉天。关防若要知名姓,乃是孤儿寡妇船。"公之拯济孤贫可见也。

韩魏公镇真定时,有门客彭知方为酒使,逾垣宿于娼室。门吏报公,公不究。久之,为《种竹》诗曰:"殷勤洗濯加培拥,莫遣狂枝乱出墙。"客见其诗愧甚,乃和公诗曰:"主人若也怜高节,莫为狂枝赠一柯。"公特以百缗遣一指使投都下,市一女奴赠之。公之爱士待客,皆类此。

唐僖宗时,于化茂颇有学问,依栖中丞蔡授门馆。一日告去,作《燕离巢》诗云:"旧垒危巢泥已堕,今年因傍社前归。连云大厦无栖处,更向谁家门户飞?"主人见诗怆然,复留。

邵州魏处士,高尚之士。张丞相士逊召之入都,不久告还,丞相有诗送之曰:"一片闲云来帝里,归飞不肯待秋风。"人皆荣之。

远　烟　记戴敷窃归王氏骨

戴敷，筠州邑人也。父为游商，出入多从焉。后敷纳粟为太学生，娶都下酒肆王生女为妇。

岁久，父没于道途。敷多与浮薄子出处，耗其家资，则装囊尽虚，屋无担石，妻为其父夺之以归。敷日夜号泣，妻王氏亦然，誓于父曰："若不从吾志，我身不践他人之庭，愿死以报敷。"及王氏卧病，久则沉绵，家人多勉父使王氏复归于敷。父刚毅很人也，曰："吾头可断，女不可归敷！"因大诟女："汝寡识无知，如敷者，冻饿死道路矣。"王氏自念病且不愈，私谓侍儿曰："汝为我报郎，取吾骨归筠，久当与郎共义也。"后数日，王氏死。

侍儿一日遇敷于道，具述王氏意。敷大伤感，方夜乃潜往都外，脱衣遗园人，取其骨自负而归筠。

敷后愈贫，无衣食，乃佣于人为篙工，下汴迤逦至江外，萍寄岳阳，学钓鱼自给。敷怀妻，居常伤感，多独咏齐己诗曰：

　　谁知远烟浪，多有好思量。

于时穷秋木脱，水落湖平，溶溶若万顷寒玉。敷行数里外，隐约烟波中亭亭有人望焉。数日，钓无鱼，只见烟波人。岁余则似近，又半岁愈近焉。经月则相去不逾五十步，熟视乃其妻王氏也。敷号泣，妻亦然，道离索之恨。更旬日，不过数步，敷乃题诗于壁。诗曰：

　　湖中烟水平天远，波上佳人恨未休。

　　收拾鸳鸯好归去，满船明月洞庭秋。

一日，敷乃别主人，具道其事。主人不甚信，乃遣子与敷翌日往焉。敷移舟入湖，俄有妇人相近，与敷执手曰："自子持吾骨归筠，我即随子于道途间，子阳旺，不敢见子。子钓湖上相望者二载，以岁月未合，莫可相近，今其时矣。"乃引敷入水中，主人子大惊而回。

后数日尸出水上，岳阳尉侯谊验覆其尸，容色如生。闻其事于人。

<h2>流　红　记红叶题诗娶韩氏</h2>

魏陵张实子京撰

唐僖宗时,有儒士于祐晚步禁衢间。于时万物摇落,悲风素秋,颓阳西倾,羁怀增感。视御沟浮叶,续续而下。祐临流浣手,久之,有一脱叶差大于他叶,远视之若有墨迹载于其上,浮红泛泛,远意绵绵。祐取而视之,果有四句题于其上。其诗曰:

> 流水何太急?深宫尽日闲。
> 殷勤谢红叶,好去到人间。

祐得之,蓄于书笥,终日咏味,喜其句意新美,然莫知何人作而书于叶也。因念御沟水出禁掖,此必宫中美人所作也。祐但宝之,以为念耳,亦时时对好事者说之。祐自此思念,精神俱耗。

一日,友人见之曰:"子何清削如此?必有故,为吾言之。"祐曰:"吾数月来眠食俱废。"因以红叶句言之。友人大笑曰:"子何愚如是也!彼书之者无意于子,子偶得之,何置念如此。子虽思爱之勤,帝禁深宫,子虽有羽翼,莫敢往也。子之愚又可笑也。"祐曰:"天虽高而听卑,人苟有志,天必从人愿耳。吾闻牛仙客遇无双之事,卒得古生之奇计,但患无志耳,事固未可知也。"祐终不废思虑,复题二句,书于红叶上云:

> 曾闻叶上题红怨,叶上题诗寄阿谁?

置御沟上流水中,俾其流入宫中,人为笑之,亦为好事者称道。有赠之诗者曰:

> 君思不禁东流水,流出宫情是此沟。

祐后累举不捷,迹颇羁倦,乃依河中贵人韩泳门馆,得钱帛稍稍自给,亦无意进取。久之,韩泳召祐,谓之曰:"帝禁宫人三千余得罪,使各适人,有韩夫人者,吾同姓,久在宫,今出禁庭来居吾舍。子今未娶,年又逾壮,困苦一身,无所成就,孤生独处,吾甚怜汝。今韩夫人箧中不下千缗,本良家女,年才三十,姿色甚丽,吾言之使聘子,何如?"祐避席伏地曰:"穷困书生,寄食门下,昼饱夜温,受赐甚久。恨无一长,不能图报,早暮愧惧,莫知所为,安敢复望如此!"泳乃令人通媒妁,助祐进羔雁,尽六礼之数,交二姓之欢。祐就吉之夕,乐甚。明日,见韩氏装橐甚厚,姿色绝艳,祐本不敢有此望,自以为误入仙源,神魂飞越矣。

既而韩氏于祐书笥中见红叶,大惊曰:"此吾所作之句,君何故得之?"祐以实告。韩氏复曰:"吾于水中亦得红叶,不知何人作也。"乃开笥取之,乃祐所题之诗,相对惊叹,感泣久之,曰:"事岂偶然哉!莫非前定也。"韩氏曰:"吾得叶之初,尝有诗,今尚藏箧中。"取以示祐。诗云:

> 独步天沟岸,临流得叶时。
>
> 此情谁会得?肠断一联诗。

闻者莫不叹异惊骇。

一日,韩泳开宴,召祐泊韩氏。泳曰:"子二人今日可谢媒人也。"韩氏笑答曰:"吾为祐之合乃天也,非媒氏之力也。"泳曰:"何以言之?"韩氏索笔为诗曰:

> 一联佳句题流水,十载幽思满素怀。
>
> 今日却成鸾凤友,方知红叶是良媒。

泳曰:"吾今知天下事无偶然者也。"

僖宗之幸蜀,韩泳令祐将家僮百人前导,韩以宫人得见帝,具言适祐事。帝曰:"吾亦微闻之。"召祐,笑曰:"卿乃朕门下旧客也。"祐伏地拜谢罪。帝还西都,以从驾得官,为神策军虞候。

韩氏生五子三女,子以力学俱有官,女配名家。韩氏治家有法度,终身为命妇。宰相张濬作诗曰:

> 长安百万户,御水日东注。水上有红叶,子独得佳句。子复题脱叶,流入宫中去。深宫千万人,叶归韩氏处。出宫三千人,韩氏籍中数。回首谢君恩,泪洒胭脂雨。寓居贵人家,方与子相遇。通媒六礼具,百岁为夫妇。儿女满眼前,青紫盈门户。兹事自古无,可以传千古。

议曰:流水,无情也;红叶,无情也。以无情寓无情,而求有情,终为有情者得之,复与有情者合,信前世所未闻也。夫在天理可合,虽胡越之远,亦可合也。天理不可,则虽比屋邻居,不可得也。悦于得，好于求者，观此可以为诚也。

长　桥　怨钱忠长桥遇水仙

治平年，钱忠，字惟思。少好学多闻，随侍父湖湘。后以家祸零替，惟忠一身流客，因如二浙。道过吴江，爱水乡风物清佳，私心恋恋，不能去。每江上春和，湖天风软，翠浪无声，画桥烟白，忠尽日讽咏游赏，多与采莲客、拾翠女相逐，周旋洲渚间。忠尤悦一女，方及笄，垂螺浅黛，修眉丽目，宛然天质。忠虽与游，卒不敢以异语犯焉。凡数月，浸于女熟，女亦若眷眷有意。一日，忠为酒所使，谓其女曰："吾与子相从江渚舟楫间数月矣，吾甚动子之色，独不知乎？"女曰："吾之志亦然也。家有严尊，乃隐纶客也，常独钓湖上，尤好吟咏。子能为诗，以动其心，妾可终身奉君箕帚，不然，未可知也。"至暮举楫，扁舟入云水中。

忠归，惕意为诗曰：
　　八十清翁今钓客，一纶一艇一鱼蓑。
　　碧潭波底系船卧，红蓼香中对月歌。
　　玉脍盈盘同美酒，锦鳞随手出清波。
　　风烟幽隐无人到，俗客如何愿一过。
忠以诗付女，女持而去。明日，女复持诗至曰："翁和子诗，亦有不许君之句，子更为之。"翁和诗曰：
　　向晚云情无限好，船头又见乱堆蓑。
　　却无尘世利名厌，尽是市朝兴废歌。
　　全宅合来居水泽，此身常得弄烟波。
　　肥鱼美酒尤丰足，自是幽人不愿过。
忠复依前韵为诗云：
　　小舟泛泛游春水，竹笠团团覆败蓑。
　　盈棹长风三尺浪，满船明月一声歌。
　　非干奔走厌浮世，自是情怀慕素波。
　　惟有仙翁为密友，就鱼携酒每相过。

付女上翁。他日，又遇女于湖上，女曰："翁亦不甚爱子之诗。"

又数日，忠又构成诗云：

> 吴江高隐仙乡客，衰鬓长髯白发干。
>
> 满目生涯千顷浪，全家衣食一纶竿。
>
> 长桥水隐秋风软，权浦烟浮夜钓寒。
>
> 因笑区区名利者，是非荣辱苦相干。

翌日，忠见女，女喜曰："翁方爱子之诗，我与君事谐矣。"又去，忠终不知所止。

一日，忠与数友晚步江岸，过小桥，遇女于其上，不语，相顾喜笑而去，同行者颇疑焉。明日早，忠尚伏卧，有人持书于窗牖，忠视之，乃女所作之诗也。诗云：

> 昨日相逢小木桥，风牵裙带缠郎腰。
>
> 此情不语无人觉，只恐猜疑眼动摇。

他日，忠又与邻渔泛舟，钓于湖上。渔唱四发，忠亦递相应和其间。女又遣人遗忠诗曰：

> 轻桡直入湖心里，渡入荷花窣窣鸣。
>
> 何处渔谣相调戏？住船侧耳认郎声。

月余，忠别里巷邻友，泛舟深入烟波，不知所往。忠有姑之子曰王师孟，登第后失官。有故人居钱塘，道经吴江，泊舟水际，登长桥，有彩船来甚速，中有人呼曰："王兄固无恙乎？"师孟审其声，乃忠也。俄见舟舣桥下，果忠也。邀师孟登舟，音乐酒肉，器皿服用如王公，皆非人世所有。忠复命其妻以大兄之礼拜师孟，师孟但觉瑶枝玉干，辉映左右。因三人共饮。至明，忠谓师孟曰："吾之居处在烟波之外，不欲奉召兄。兄方贵游，弟能无情！"乃以黄金十斤赠之。师孟谢之。忠曰："相别二纪，而兄之发白，伤怆尘世间烟波使人易老。"师孟曰："子为神仙，吾今游客，命也如何！"因而唏嘘泣下。忠为诗曰：

> 水国神仙宅，吾今过此中。
>
> 长桥千古月，不复怨春风。

已而别去，后不复有人见之云。

青琐高议前集卷之六

骊 山 记张俞游骊山作记

大宋张俞，字才叔，又字少愚，西蜀人。幼锐于学，久而愈勤，心慕至道。应制科，辞理优赡赅博，意为必擢高等。有司罪其文讦鲠太直，不可进。俞由是不得意，尤为议者所惜，愈不乐，日与朋侪登高大醉。久乃还蜀，更不以进取为事。亦多往来京索间，所过有山水之奇，虚名之玩，未尝不往观焉。既观，未尝不吟咏，反覆烂熳，终日啸傲，至有历时不能去。

俞尝命一仆荷酒肉，一仆携纸笔，一日，与三四友人游骊山。俞谓其友人曰："吾走天下有日矣，足迹几遍于四海，而山水宜乎厌饫。道也终不能使人忘情，吾之志如是也。骊山吾已数游，不须再登也，不若山下见老叟，求古遗事。"乃同友人遍历民家，皆曰："惟田翁好蓄古书文籍，博览古今。"俞乃倩一耕者导至田翁家。翁久乃出，发鬒如雪，进趋甚有礼，视听不少衰。既坐，翁谓俞曰："山野闲居，门无长者车骑久矣。君子惠然见过，何也？"俞曰："余好古者也。闻翁有寿且知古，此来诚有意也。"翁始则悚而拒，终则愧而谢，且曰："吾今年九十三矣，亦尝见大父洎吾祖言往事。晋、汉时吾不知也，唐自明皇而下，吾素所记。"就衣带间取铁匙，命其子："开钥，取吾柜中某书来。"

及启，乃一幅图也，即骊山宫殿图。凡二门，大小九殿，台亭六十二处。回廊屈曲，莫知其数。东曰日华门，西曰月华门。东大殿曰万寿殿，一殿曰迎阳，又一曰晨晖，又一曰紫极，又一曰宝林，又一曰宝基，又一曰明和，又一曰文庆。自日华门入，即大安殿。月华门入，即万寿殿。大安殿后三殿：一曰迎阳，一曰紫极，一曰晨晖。万寿殿后三殿：一曰宝基，一曰宝林，一曰明和。六殿后又一殿，曰文庆也。后即翠华门，乃入后宫。东即紫云阁，阁东即先春馆，西即桂香堂。

西又有明华阁,阁东即惜花馆,西即载月堂。紫云阁东即碧瑶池,环池榭东即赏春台,西即御钓台、明霞阁,西乃宝积池,池北乃圣智堂,前曰清风轩也。宫中流水灌注,环绕台榭。宫外又有台殿,或架岩腹,或横危巅,皆有佳名,不知尽纪。翁按图指示,豁然在目前。俞喜曰:"骊宫吾已知之矣。"

　　既久,翁复言曰:"吾之远祖尝为守宫使,常出入禁中,故宫中事亦可得而言也。祖常言:明皇时天下无事,太平日久,常多幸骊山宫,从驾侍卫只五六千人,百官供给亦有三四千人,常不满万,皆给于宫,而不少乏。如当时府库之积丘山,茶布之货堆露不恒,民间玉帛不知纪极,斗米不满三十钱。帝又好花木,诏近郡送花赴骊宫。当时有献牡丹者,谓之杨家红,乃卫尉卿杨勉家花也。其花微红,上甚爱之,命高力士将花上贵妃。贵妃方对妆,妃用手拈花,时匀面手脂在上,遂印于花上。帝见之,问其故,妃以状对。诏其花栽于先春馆。来岁花开,花上复有指红迹。帝赏花惊叹,神异其事,开宴召贵妃,乃名其花为一捻红。后乐府中有《一捻红》曲,迄今开元钱背有甲痕焉。宫中牡丹最上品者为御衣黄,色若御服。次曰甘草黄,其色重于御衣。次曰建安黄,次皆红紫,各有佳名,终不出三花之上。他日,近侍又贡一尺黄,乃山下民王文仲所接也。花面几一尺,高数寸,只开一朵,鲜艳清香,绛帏笼日,最爱护之。一日,宫妃奏帝云:'花已为鹿衔去,逐出宫墙不见。'帝甚惊讶,谓:'宫墙甚高,鹿何由入?'为墙下水窦,因雨窦寖,野鹿是以得入也。宫中亦颇疑异,帝深为不祥。当时有佞人奏云:'释氏有鹿衔花,以献金仙。帝园有此花,佛土未有耳。'帝亦私谓侍臣曰:'野鹿游宫中非佳兆。'"翁笑曰:"殊不知禄山游深宫,此其应也。"俞曰:"吾尝观《唐纪》,见妃与禄山事,则未之信。夫帝禁深沉,守卫严密,宫女数千,各有掌执,门庭禁肃,示有分限,虽蜉蝣蚁蠛莫能得入,果如是乎?"翁曰:"史氏书此作戒后世,当时事亦可言陈。《易》曰:'慢藏诲盗,冶容诲淫。'正为此也。妇人女子性犹水也,置于方器则方,置于圆器则圆。且宫人数千,幽之深院,绮罗珠翠,甘鲜肥脆,皆足于体,所不足者,大欲耳。圣人深思此,故主宫殿用中贵人也。贵妃自处子入宫,上幸倾后宫,常与游者禄山也。禄山日与贵妃嬉游，帝从观以为笑，此得不谓之上慢乎？贵妃虑其丑声落民间，乃以禄山为子。一日禄山醉戏，无礼尤甚。贵妃怒骂曰：'小鬼方一奴耳，圣上偶爱尔，今得官出入禁掖，获私于吾，尚敢尔也！'禄山曰：'臣则出微贱，惟帝王能兴废也，他皆无畏焉。臣万里无家，四海一身，死归地下，臣且不顾。'叱贵妃，复引手抓贵妃胸乳间。贵妃泣曰：'吾私汝之故也，罪在我而不在尔。尔今不思报我，尚以死胁我！'时宫女王仙音旁立，乃大言：'安禄山夷狄贱物，受恩主上，蒙爱贵妃，乃敢悖慢如此，我必奏帝。'禄山犹不止，云：'奏帝我不过流徒，极即刑诛。贵妃未必无罪，得与贵妃同受祸，我所愿也。此所谓鱼目得伴明珠入水，碔砆同白玉入火，又何害焉？'会高力士赍福建绿荔枝上贵妃，禄山乃怃悢引去。力士久在屏外躬听，且知所争。力士上传帝旨，跪进荔枝乃去。贵妃使人从力士谢曰：'慎无言适来之事。'高曰：'帝非贵妃，当受黜废，出居于外，则主人不乐可知。为我谢贵妃，臣知此久矣，非今日也。臣宫中老物也，岂不知爱君父乎？愿贵妃勿忧。'贵妃虑帝见胸乳痕，乃以金为诃子遮之。后宫中皆效之，迄今民间亦有之。"

俞复谓翁曰："玄宗据崇高之势，有天日之表，龙凤之姿，兼文武全美，禄山丑类，安能动贵妃心？"翁云："据祖言，禄山虽是胡儿，眉目疏秀，肌若凝脂。加之性灵敏慧，言语巧辩，音乐技艺往往通晓，亦涉猎书数，尤能迎合上意，上所以爱宠。禄山亦多异处。"俞曰："何异也？"翁曰："禄山手足心俱有黑子，尝自语人曰：'此王公之相也。'禄山素丰肥，盛暑醉寝，鼻声如雷，宫人多以清泉洒其身，久而方醒，率以为常。一日，禄山醉卧明霞阁下，误为宫人覆水于面。禄山俄瞑目喷气，头上生角，体亦生鳞，骧首踠足，势欲飞跃。宫人四走，莫知所避。有报帝曰：'禄山化作龙。'时帝与妃子弈棋，帝急往视，乃曰：'不足畏也。此乃真猪龙。'少顷，禄山睡觉，帝因问禄山。禄山曰：'臣适梦中为人以水沃臣，臣梦化为龙。'异日，贵妃问帝曰：'禄山化龙之事甚可畏。'帝云：'不足畏。''何也？'帝曰：'天地之神物，莫若龙之能变化也。真龙则角长而鬃密，腹紧而尾倍，目深而鼻高，鳞厚而爪长，朱目血舌，赤须火鬈，息则人莫见其踪，动则雷雨满天下。禄山乃猪龙者,吾见精出鼻肆,腹大尾赤,鳞薄爪秃,鬣疏角短,目青不光,鬐黑无焰,但能乘水势败坏堤岸,汩没泥水中为害,非云雷之主也,故不足畏。但恐禄山异日不能善终,须死兵刃。'贵妃复曰:'莫为患乎?'帝曰:'此外非汝可知。'"

俞曰:"贵妃色冠后宫,为天下第一,迄今传为绝代色,其美可得闻乎?"翁曰:"观史氏所言,中人贵妃发委地,光若傅漆,目长而媚,回顾射人。眉若远山翠,脸若秋莲红。肌丰而有余,体妖而婉淑。唇非膏而自丹,鬓非烟而自黑。真香娇态,非由梳掠。乃物比之仙姬,非人间之常体。笑言巧丽,动移上意。帝对妃子论杜甫宫词,他日帝因思其诗,命宫人取其诗,为宫人远去,妃子曰:'不须取,妾虽听之,尚能记忆。'乃取纸录出,不差一字,其敏慧又可知也。一日,贵妃浴出,对镜匀面,裙腰褪,微露一乳,帝以指扪弄曰:'吾有句,汝可对也。'乃指妃乳言曰:'软温新剥鸡头肉。'妃未果对。禄山从旁曰:'臣有对。'帝曰:'可举之。'禄山曰:'润滑初来塞上酥。'妃子笑曰:'信是胡奴只识酥。'帝亦大笑。"翁又曰:"当时西蜀有女髡,解造补鬓油膏面。用白胭脂、白杏仁心、梨自然汁、白龙脑相熬合和,用以调粉匀面,白而光润。用紫芝麻、胡桃油、黑松子、乌沉香合而润鬓,黑而复香。蜀中以二油进,后中贵窃鬻民间,富者亦用之。宫中呼为锦里油,民间呼西蜀油。后明皇入蜀,此亦先兆之应也。"

翁曰:"禄山数失礼贵妃,贵妃私甚恨,第无计绝之耳。晚年尤不喜之。禄山之守渔阳,贵妃屡言于上曰:'渔阳天下之精兵所聚,宜用心腹臣。禄山阴贼,不可为帅。'上不答。禄山辞贵妃,贵妃开宴饯之。酒半酣,禄山曰:'臣久出入宫掖,蒙私贵妃,而中道弃之,吾之此行,深非所乐。此别复有相见之期乎?'贵妃但笑而不答。禄山复曰:'人但恨无心耳。苟有心,虽抽肠溅血,万死万生犹不顾。臣须来见娘娘。'_{禄山呼贵妃为娘}因涕泣交下,起抱贵妃,良久不止,左右勉之,久方辞去。明日,禄山尚未行,欲再入宫见贵妃,诏不得入内。禄山既行,甚快快,令前骑作乐。禄山曰:'乐有离声,人多别恨,自古迄今无有也。'后杨国忠专政,深恨禄山。禄山至渔阳,多求珍异物,并私书上贵妃,尽为国忠抑而不达。顷之,禄山怨国忠,益有反意,乃兴兵向阙，言于左右曰："吾之此行，非敢觊觎大宝，但欲杀国忠及大臣数人，并见贵妃叙吾别后数年之离索，得回住三五日，便死亦快乐也。"此言流落民间，故马嵬六军不进，指妃子而为言也。开元末童谣云：

> 山上一群鹿，大鹿来相逐。
>
> 啼杀涧下羊，却被猪儿触。

后果为帐下李猪儿所杀。禄山反书至，帝方食，贵妃不觉失匕箸。帝惊顾左右甚久，诏杨国忠为御营都元帅。都人惊骇，尘土四散，咫尺莫辨牛马。帝登丹凤楼置酒，楼下有人唱歌云：

> 不见只今汾上水，惟有年年秋雁飞。

其音甚悲，帝泣下，不终饮而止。左右奏曰："陛下素大度，禄山虽兵变，安能遽至此也？"帝上马由承天西去，长安父老遮乘舆言曰："陛下以重禄养禄山，禄山不以臣报陛下，天理不远，人情莫顺。禄山非久，血污锋刃，身膏草野，不日臣等复出长安，西迎銮舆之来。"帝曰："朕已诏天下兵百道并进，必破此贼。深虑贼锋未可当，终恐为父老忧，各宜相率避之。"帝令一中贵人厉声曰："关东皆贼也，不可往。西可以避。"竟去。由是都人多入蜀避贼。"

温　泉　记 西蜀张俞遇太真

亳州秦醇子履撰

西蜀张俞再过骊山，留题二绝云：

> 金玉楼台插碧空，笙歌递响入天风。
>
> 当时国色并春色，尽在君王顾盼中。

其二云：

> 玉帝楼前锁碧霞，终年培养牡丹芽。
>
> 不防野鹿逾垣入，衔出宫中第一花。

俞异日宿温汤市邸，于是衙鼓声沉，万动岑寂，客馆后夜，悲风素秋。俞少负英气，羁怀多感，高烛危坐，远意千里，强调脆管，又抚朱弦，怨流丝竹，竟不成乐，乃就枕。才合眼，见二短黄衣吏立于床下。一吏曰："召其魂也，召其梦也？"一吏曰："奉命召其魂。"吏曰："魂俱去，留一魄以守其宅。"吏于袖间出一物若银钩，以刺入胸中，亦不甚苦痛，以手执钩尾，大呼俞名姓，又小呼数声。俞或立于阶下，回顾尸于床上，俞惊叹，恨不得作书寄家人嘱后事。吏引其衣出门，又见二碧衣童，若常所见画图中神仙侍立之童也。俞久不敢问。约行十余里之远，俞乃足痛，愿得一代步者。吏曰："请君问碧衣者。"俞乃告之。一童呼吏曰："敕界吏速取马来。"有顷，驺从至，俞乃上马，因询黄衣吏曰："吾死乎？吾此行何所之也？"黄衣吏曰："吾地界之吏，奉命奔走，他皆不知也。君告碧衣童，必有所明。"俞私约下马，折腰与碧衣童曰："俞蜀中书生，未尝造恶，今有此行，不识入于狱乎？能复回于世乎？愿闻其休咎。"碧衣童曰："吾乃海仙之侍者，被命召子，他皆不知。"俞曰："仙何人也？"童曰："蓬莱第一宫太真妃也。"俞曰："召仆安用？"童子曰："子骊山曾有诗否？"俞方忆其所作二绝。

又行百里，道左有大第，朱扉岿立，金兽衔环，万户生烟，千兵守御。入门则台殿相向，金碧射人，帘挂琼钩，砌磨明玉，金门瑶池，彩楹琐窗，幕卷轻红，甃浮寒碧。童止俞曰："可伺于此，吾入报矣。"童复出，呼左右备驺从，童谓俞曰："上仙召子温泉浴。"迤逦见绛旌见驱，翠幢双引，赭伞玲珑，仙车咿轧，彩仗鳞鳞，纹竿袅袅，霞光明灭五色云中。行少顷，又至一宫，仙妃降车，俞亦下马。

童引俞升殿，左右赞拜，仙赐坐。俞偷视仙，高髻堆云，凤钗横玉，艳服霞衣，琼环瑶珮，鸾姿凤骨，仙格清莹。俞精神眩惑，情意恐惧，虚己危坐，莫敢出言。仙笑为俞曰："君无惧。吾召子无他意，欲少询子人间一两事耳。"仙子曰："骊山所题之诗甚佳。"俞避席俯谢。仙子乃命其浴。仙乃入御浴，汤影沉沉，甃摇龙凤。仙去衣先入浴，俞视若莲浮碧沼，玉泛甘泉，俞思意荡。俞因以手拂水，沸热不可近。仙笑命左右别具汤沐，侍者进金盆，为俞解衣入浴。仙与俞相去数步耳，一童以水沃仙，一童以水沃俞。俞白仙曰："俞尘骨凡体，幸遇上仙，似有宿契，然何故不得共沐？"仙曰："尔未有今日之分。"浴已，次第取服。

仙与俞携手入后院，坐曲室。俞审视则白璧为楹，碧瑶甃地，绣帛蒙窗，珠丝翳户，饰琼玉于虚轩，安铜龙于画栋。仙命进酒，宝器瑶杯,珍羞仙果。但俞平生不酌酒,金壶至俞,则酒辄不出。仙笑顾左右取他酒代之。童曰:"已为取之。"顷间酒已至,乃人间之味。俞又自恨。仙谓俞曰:"今之妇人首饰衣服如何?"俞对曰:"多用白角为冠,金珠为饰。民间多用两川红紫。"仙乃顾左右:"取吾旧服来。"长裙大袍,凤冠口衔珠翠玉翘,但金钗若今之常所用者也,他皆不同。

俞曰:"俞少好学,虽望道未见,然于唐史见仙事迹甚熟,今见仙之姿艳,一禄山安能动仙之志,而仙自弃如此也?"仙复曰:"事系天理,非子可知,幸无见诘。"俞曰:"明皇蕴神圣之姿,天日之表,没当不化,今在何地?"仙曰:"人主皆天之高真也,明皇乃真人下降,今住玉羽川。"俞曰:"玉羽川何地也?"仙曰:"在潭、衡之间。"

不久玉漏递响,宝灯阑珊,侍者报仙曰:"鼓已三敲。"仙乃命撤去杯皿,与俞对榻寝。俞情思荡摇,不能禁。俞曰:"召之来,不与之合,此系乎俞命之寡眇也。他物弗望,愿得共榻,以接佳话,虽死为幸。"仙笑曰:"吾有爱子心,子有私吾意,宿契未合,终不可得。"俞乃欲升仙榻,足不可引,若有万斤系之。仙曰:"子固无今日分。"俞乃就南榻,与仙对卧而语。不久鸡唱,烟中月沉,户外侍者促俞起。俞泣下别。仙曰:"后二纪待子于渭水之阳。"仙取百合香一小器遗俞曰:"留以为忆。"系俞臂,复见前童吏引还,入门,吏推仆乃觉。

俞惊起坐,默念岂非梦邪? 臂上香犹存,发器,异香袭人,非世所有。他日,俞题诗于温汤驿曰:

> 梦魂飞入瑶台路,九霞宫里曾相遇。
> 壶天好景自愁人,春水泛花何处去。

又戏为诗曰:

> 昨夜过温汤,梦与杨妃浴。敢将豫让炭,却对卞和玉。同欢
> 一宵间,平生万事足。想得唐明皇,畅哉畅哉福。

诗尚留温汤驿壁。

俞后闲步野外,有牧童持书一纸,俞开封,乃仙所为诗一首也。诗云:

> 虚堂壁上见清辞,似共幽人说所思。
> 海上风烟虽可乐,人间聚散更堪悲。

重帘透日温温暖,玉漏穿花滴滴迟。

此景此情传不尽,殷勤嘱付陇头儿。

俞询牧童曰:"从何得此书?"牧儿曰:"前日有妇人过此,遗我百钱,授我此书,云:'明日有衣冠独步野外,子可与之。'"俞闻之愈伤感。俞多与士君子说此事,乃笔成传。

贵 妃 袜 事 老僧赎得贵妃袜

天宝十三年秋苦雨,上自兴庆宫登楼远望,见其淫潦尤甚,时惟贵妃、力士从上。上谓曰:"今水潦如此,疾于朕心,当传位于太子,使吾未没而付之,吾无忧也。"妃子不对。力士曰:"且待丰年。"上视太真曰:"若何?"妃对曰:"今秋霖雨水灾,烦劳圣虑,妾愿与圣躬共舍衣物于两街,建道场法事,庶拯生灵。"上从之。乃敕司衣阁出衣十袭,施左右街佛寺,货之以充供养。

时沙弥常秀自庐岳来京师求戒法,见舍衣物,遂罄囊钵,赎得妃子袜一纲,持归江南,以与亲族。后隐香炉峰,乱而获存。其后中丞李远牧于温城,多征故事,求诸遗物。或有言妃子袜事于远,遂求焉。僧不获已而献之,远以钱十万为直。仍藏诸箧笥,示诸好事者。

会李群玉校书自湖湘来,过九江,远厚遇之,因诘其题黄陵庙事。群玉曰:"予尝梦之。"远曰:"仆自获妃子袜,亦常盼慕焉。"遂更相戏笑,因各赋诗一首。远曰:

坠仙遗袜老僧收,一锁金函八十秋。

霞色尚鲜宫锦鞨,彩光依旧夹罗头。

轻香为著红酥践,微绚曾经玉指构。

三十六宫歌舞地,唯君独步占风流。

群玉诗曰:

故物犹存事渺茫,把来忍见旧时香。

拗连绮锦分奇样,终合飞蝉饮瑞光。

常束凝酥迷圣主,应随玉步浴温汤。

如今落在吾兄手,无限幽情付李郎。

是岁校书过豫章，端午浴兰之会，宴滕王饮筵，片时卒座上。客云："得非黄陵嘉？"至今伤感悯之。

马　嵬　行 刘禹锡作《马嵬行》

绿野扶风道，黄尘马嵬驿。路边杨贵妃，坟高三四尺。乃问里中儿，皆言幸蜀时，军家诛幸佞，天子舍妖姬。兵吏伏门屏，贵人牵帝衣。低头转美目，风日无光晖。贵人饮金屑，倏忽即英暮。平生服香丹，颜色宛如故。属车尘已远，里巷来窥觑。共爱宿妆妍，君王画眉处。履綦无复有，履组光未灭。不见岩畔人，空见凌波袜。儿童爱纹迹，私手解盘结。传看千万眼，缕绝香不歇。指环照骨明，首饰敌连城。将入咸阳市，犹得贾胡惊。

青琐高议前集卷之七

孙　氏　记周生切脉娶孙氏

寺丞丘濬撰

周默，字明道，都下人也。以延赏为太庙郎，岁久改授常州宜兴簿。默幼小知书，尤好方药之书，亦稍稍通其术，里巷称其能医。

比邻有张复秀才，聚闾巷小童为学。一日，复谒默曰："有恳，敢浼长者。"默询其故，曰："复之妻得病甚危，居贫不能得医，敢烦君子诊其脉，视其证，倘获愈，必为报。"默许之。往见其妻孙氏卧小榻，容虽不修饰，然而幽艳雅淡，眉宇妍秀，回顾精彩射人。默见之愕然，乃诊臂视脉，久之曰："娘子心脉盛，痰积其中，气出入则昏眩。"乃留犀角汤下之。默日日往候之。复妻病愈，复将召默饮于市，以谢默。默曰："邻里缓急固当救，何烦致谢？"

是时默丧妻才经岁，既见孙氏，心发狂悸，念无计得之。乃白其母曰："孙氏，默治之愈矣，可召之饮，以接邻里之好。"母不识默意，乃召孙，孙托事不来。默赞其母，复召之。久乃至，与默母叙拜礼，又以言谢默。是时孙薄妆，虽有首饰，衣服无金翠，艳丽绝天下，语言飘飘然宛神仙之类也。默精神荡散，因以目挑之，语言试之，终不蒙对。召入内，复饮于轩前。默时时入室，启母劝之酒，孙以礼谢，终不饮。逼晚方散。

默日夜思所以得孙氏之计。默阴念：有功于孙，吾且年少，孙之夫极老，复年五十三，孙方二十一。吾固胜他远矣，吾必得之。默乃暗遣学童以束投孙，竟不蒙答。又投之，亦然。默询童曰："彼何言也？"童曰："孙略观，但默默而已。"默私计：我有功于孙，事虽不谐，亦无后虑。乃至意投书与孙氏云：

世之乐事，男女配合；人之常情，少年雅致。今慕子之美色妙年，甘心于一老翁，自以为得意，吾为子羞之。兼有鄙诗，略为举陈，幸留意也。诗曰：

　　五十衰翁二十妻，目昏发白已头低。绛帏深处休论议，天外青鸾伴木鸡。

孙氏亦为书上默曰：

　　数辱书问，荷意甚勤。上有良人，安敢私答。妾之本末，略为君言：妾本富贵家女，幼岁常近笔砚，及长继遭凶灾，兄又死边州，弟妹散去，家贫不能自振。信媒氏之说，归身此翁。至于今日皆不可言，亦不复恨。妇人无他能，惟端节自持为令节。欲不白君子，则子之意未绝，千万自保，无贻深念为异时恨。妾心匪石，兼有诗道其意。诗曰：

　　雨集枯池时渐满，藤笼老木一翻新。如今且悦目前景，妆点亭台随分春。

默得书诗，又见其有才，愈思念之。乃再为书丁宁恳切，此不具载。孙复有书曰：

　　前诗书已少道区区之意，君尚不已。今为君少言天下物理之大分，以解君惑。夫鹪鹩栖木，不过一枝；鼹鼠饮河，不过满腹。上苑之花，色夺西锦，遇大风怒号，飘荡四起，或落银瓶绣幕之间，或委空闲坑涧之所，此各系乎分也。我之夫固老矣，求为非礼以累之，则吾所不忍。君虽百计，其如我何！可绝来意，无劳后悔。

默意欲速得，又以柬诗侵逼之。孙又为书与默曰：

　　近者妾病，知子有术可以起我之疾。居贫，我乃谋于夫曰："邻居周君善医，彼士君子，且以邻里之故，必不子拒。"今因妾病，而召污秽之事入其家。使子为翁，子能忍而舍之乎？翁虽老，闻此安肯为子下而不发耶？向得子柬，欲闻于翁，且发人之私，不仁也；忘人之恩，不义也。是以不为。每得子柬急看，或火或毁，恐露而彰子之恶。今子之言侵逼尤甚，子意欲因医之功，邀而娶之也。若然，虽商贾市里庸人有不为者，况士人乎？古之烈女，吾之俦也，子无多言。青松固不凋于雪中，千万无惑焉。

默知不可乱，乃止。

默不久赴官，意犹未已，乃为柬别孙曰：

> 我闻古人之诗曰："长江后浪催前浪，浮世新人换旧人。"是老当先寝也，我愿终身不娶，以待之耳。

孙得柬，感默之意，为缄谢绝曰：

> 愧感深诚，早晚疾听。君子启行，无缘叙别，破囊久空，不能为赆，空自悚愧。承谕雅意，安可预道？无妄之言，未敢奉许。人之修短，固自有期，设或不幸，即俟他日，况君庆门当高援，无以鄙陋独贻伊戚。彩舫长浮，知有日矣。气象尚和，惟以自爱。千万珍重！

默得书，但恨惋而已。

后三年，默替归，泊家于湘蓝之南。默思孙，因往旧巷访之。询其邻，则曰："复死已经岁矣，孙今独居。"默大喜，归告其母，遣媒通好。久之，孙乃许。既成，相得甚欢，彼此方浓，复授郓州东阿尉。

默本好贿，居官尤甚。据案决事则冒货，出证田讼则赇民。笥中多私蓄币帛以归。孙因询其故，默以实告。孙大恸曰："吾及今三适人矣。始者良人，年少狂荡不返；中间适老翁，不幸其先逝；今归身于子，自为得矣，而彼此方相爱。不意子不能奉法爱民，治狱则曲直高下，惟利是嗜，去就予夺，贿赂公行，民受其枉多矣。子不害其官，则祸延子孙矣。吾不忍周氏之门无遗类，子不若复归其财于民，慎守清素。况子俸钱所入，用之有余矣。贤者多财损其志，愚者多财益其过。夫妇大义，死生共处。君既自败坏，不若我先赴死地，不忍见子之死也。今与子诀矣！"乃遽趋井。默急持其衣曰："子入井，吾亦相从矣。愿改过以谢子。"默以其财复归于民，而自守清慎，终身无过。

孙生二子，亲教之，皆举进士成名。

> 议曰：妇人女子有节义，皆可记也。如孙氏，近世亦稀有也。为妇则壁立不可乱，俾夫能改过立世，终为命妇也，宜矣。

赵 飞 燕 别 传<small>别传叙飞燕本末</small>

谯川秦醇子复撰

余里有李生,世业儒。一日,家事零替,余往见之,墙角破筐中有古文数册,其间有《赵后别传》,虽编次脱落,尚可观览。余就李生乞其文以归,补正编次,以成传,传诸好事者。

赵后腰骨纤细,善踽步行,若人手持茬枝,颤颤然,他人莫可学也。在王家时,号为飞燕,入宫复引援其妹,得宠为昭仪。昭仪尤善笑语,肌骨清滑。二人皆称天下第一,色倾后宫。

自昭仪入宫,帝亦稀幸东宫。昭仪居西宫,太后居中宫。后日夜欲求子,为自固久远计,多以小犊车载年少子与通。帝一日惟从三四人往后宫,后方与一人乱,左右急报,后惊遽出迎。帝见后冠发散乱,言语失度,帝亦疑焉。帝坐未久,复闻壁衣中有人嗽声,帝乃去。由是帝有害后意,以昭仪隐忍未发。

一日,帝与昭仪方饮,帝或攘袖瞋目直视昭仪,怒气怫然不可犯。昭仪遽起避席,伏地谢曰:“臣妾族孤寒,下无强近之亲。一旦得备后庭驱使之列,不意独承幸遇,渥被圣私,立于众人之上。恃宠邀爱,众谤来集,加以不识忌讳,冒触威怒。臣妾愿赐速死,以宽圣抱。”因涕泣交下。帝自引昭仪臂曰:“汝复坐,吾语汝。”帝曰:“汝无罪,汝之姊吾欲枭其首,断其手足,置于溷中,乃快吾意。”昭仪曰:“何缘而得罪?”帝言壁衣中事。昭仪曰:“臣妾缘后得填后宫,后死则妾安能独生?况陛下无故而杀一后,天下有以窥陛下也,愿得入身鼎镬,体膏斧钺。”因大恸,以身投地。帝惊,遽起持昭仪曰:“吾以汝之故,固不害后,第言之耳,汝何自恨若是。”久之,昭仪方就坐,问壁衣中人。帝阴穷其迹,乃宿卫陈崇子也。帝使人就其家杀之,而废陈崇。

昭仪见后,具述帝所言,且曰:“姊曾忆家贫,寒馁无聊赖,使我共邻家女为草履市米。一日得米归,遇风雨,无火可炊,饥寒甚,不能成寐,使我拥姊背同泣,此事姊岂不忆也?今日幸富贵,无他人次我,而自毁如此。脱或再有过,帝复怒,事不可救,身首异地,为天下笑。今日,妾能拯救也。存殁无定,或尔妾死,姊尚谁援乎?”乃涕泣不已,后亦泣焉。

自是帝不复往后宫承幸,御昭仪一人而已。昭仪方浴,帝私觇,侍者报昭仪。昭仪急趋烛后避,帝瞥见之,心愈眩惑。他日,昭仪浴,帝默赐侍者金钱,特令不言。帝自屏镈觇,兰汤滟滟,昭仪坐其中,若三尺寒泉浸明玉,帝意思飞荡,若无所主。帝常语近侍曰:"自古人主无二后,若有,则吾立昭仪为后矣。"

赵后知之,见昭仪益加宠幸,乃具汤浴请帝。既往后宫入浴,后裸体以水沃帝,愈亲而帝愈不乐,不终浴而去。后泣曰:"爱在一身,无可奈何。"后生日,昭仪为贺,帝亦同往。酒半酣,后欲感动帝意,乃泣数行下。帝曰:"他人对酒而乐,子独悲,岂不足耶?"后曰:"妾昔在后宫时,帝幸其第,妾立在后,帝时视妾不移目甚久。固知帝意,遣妾侍帝,竟承更衣之幸。下体尝污御衣,欲为浣去,帝曰:'留以为忆。'不数日,备后宫,时帝啮痕犹在妾颈,今日思之,不觉感泣。"帝勃然怀旧,有爱后意,顾视嗟叹。昭仪知帝欲留,先辞去,帝逼暮方离后宫。

后因帝幸,心为奸利,三月后乃诈托有孕,上笺奏云:

臣妾久备掖庭,先承幸御,遣赐大号,积有岁时。近因始生之日,优加喜祝之私,特屈乘舆,俯赐东掖,久侍宴私,再承幸御。臣妾数月来,内宫盈实,血脉不流,饮食美甘,不异常日。知圣躬之在体,辨六甲之入怀。虹初贯日,听是珍祥,龙据妾胸,兹为佳瑞。更期诞育神嗣,抱日趋庭,瞻望圣明,踊跃临贺。谨此以闻。

帝时在西宫,得奏喜动颜色,答云:

因阅来奏,喜气交集。夫妻之私,义均一体;社稷之重,嗣续为先。妊体方初,保绥宜厚。药有性者勿举,食无毒者可亲。有恳来上,无烦笺奏,口授宫使可矣。

两宫候问,宫使交至。

后虑帝幸,见其诈,乃与宫使王盛谋自为之计。盛谓后曰:"莫若辞以有妊者不可近人,近人则有所触,触则孕或败。"后乃遣王盛奏帝,帝不复见后,第遣使问安否。而甫及诞月,帝具浴子之仪。后召王盛及宫中人曰:"汝自黄衣郎出入禁掖,吾引汝父子复富贵。吾欲为自利长久计,托孕乃吾之私言。今已及期,子能为吾谋焉,若事成,

子万世有厚利。"盛曰:"臣与后取民间才生子,携入宫为后子,但事密
不可泄。"后曰:"可。"盛于都城外有生子者以百金售之,以物囊之,入
宫见后。既发器,则子死矣。后惊曰:"子死,安用也?"盛曰:"臣今知
矣,载子之器不泄气,子所以死也。臣今再求子,盛之器中,穴其器,
使气可出入,则子不死。"盛得子,趋宫门欲入,则子惊啼尤甚,盛不敢
入。少选,复携之趋门,子复如是,盛终不敢携入宫。后宫守门吏严密,因
向有壁衣中事,故帝令加严之甚。盛来见后,具言子惊啼事。后泣曰:"为之奈
何?"时已逾十二月矣。帝颇疑讶。或奏曰:"尧之母十四月而生尧,
后所妊当是圣人。"后终无计,乃遣人奏帝云:"臣妾昨梦龙卧,不幸圣
嗣不育。"帝但叹惋而已。昭仪知其诈,乃遣人谢后曰:"圣嗣不育,岂
日月未满也? 三尺童子尚不可欺,况人主乎? 一日手足俱见,妾不知
姊之死所也。"

时后宫掌茶宫女朱氏生子,宦者李守光奏帝,帝方与昭仪共食,
昭仪怒言于帝曰:"前者帝言自中宫来,今朱氏生子,从何而得也?"乃
以身投地,大恸。帝自持昭仪起坐。昭仪呼宫吏祭规曰:"急为吾取
此子来。"规取子上,昭仪谓规曰:"为吾杀之。"规疑虑,昭仪怒骂曰:
"吾重禄养汝,将安用也? 不然并戮汝。"规以子击殿础死,投之后宫。
后宫人凡孕子者,皆杀之。

后帝行步迟涩,气颇惫,不能幸。有方士献大丹,养于火百日乃
成。先以瓮贮水,满即置丹于水中,即沸又易去,复以新水。如是十
日,不沸方可服。帝日服一粒,颇能幸昭仪。帝一夕在太庆殿,昭仪
醉进十粒。初夜绛帐中拥昭仪,帝笑声吃吃不止。及中夜,帝昏昏,
知不可起,或仆或卧。昭仪急起秉烛,视帝精出如涌泉,有顷帝崩。
太后遣人理昭仪,且急穷帝得疾之端,昭仪乃自缢。

后居东宫,久失御。一夕后寝,惊啼甚久,侍者呼问方觉。乃言曰:
"适吾梦中见帝,帝自云中赐吾坐。帝命进茶,左右奏帝云:'向日侍帝
不谨,不合啜此茶。'吾意既不足,吾又问帝:'昭仪安在?'帝曰:'以数杀
吾子,今罚为巨鼋,居北海之阴水穴间,受千岁水寒之苦。'故尔大恸。"

后北鄙大月氏王猎于海上,见巨鼋出于穴上,首犹贯玉钗,望波
上眷眷有恋人意。大月氏王遣使问梁武帝,武帝以昭仪事答之。

青琐高议前集卷之八

希 夷 先 生 传谢真宗召赴阙表

南燕庞觉从道撰

先生姓陈名抟,字图南,西洛人,生于唐德宗时。自束发不为儿戏事,年十五,《诗》、《礼》、《书》、数之书,莫不通究,考校方药之书,特余事耳。亲遭丧,先生曰:"吾向所学,足以记姓名耳。吾将弃此,游泰山之巅,长松之下,与安期、黄石论出世法,合不死药,安能与世俗辈汩没出入生死轮回间。"乃尽以家资遗人,惟携一石铛而去。

唐士大夫揖其清风,欲识先生面,如景星庆云之出,争先睹之为快。先生皆不与之友。由是谢绝人事,野冠草服,行歇坐卧,日游市肆,若入无人之境。或上酒楼,或宿野店,多游京索间。僖宗待之愈谨,封先生为清虚处士,仍以宫女三人赐先生。先生为奏谢书云:

赵国名姬,后庭淑女,行尤妙美,身本良家,一入深宫,各安富贵。昔居天上,今落人间,臣不敢纳于私家,谨用贮之别馆。臣性如麋鹿,迹若萍蓬,飘然从风之云,泛若无缆之舸。臣遣女复归清禁,及有诗上浼听览。诗曰:

雪为肌体玉为腮,深谢君王送到来。处士不生巫峡梦,虚劳云雨下阳台。

以奏赴宫使,即时遁去。

五代时先生游华山,多不出,或游民家,或游寺观,一睡动经岁月。本朝真宗皇帝闻之,特遣使就山中宣召先生。先生曰:"极荷圣恩,臣且乞居华山。"先生意甚坚,使回,具奏其事。真宗再遣使赍手诏茶药等,仍仰所属太守、县令以礼迎之,安车蒲轮之异数迎先生。先生乃回奏上曰:

丁宁温诏,尽一扎之细书;曲轸天资,赐万金之良药。仰佩圣慈,俯躬增感。臣明时闲客,唐室书生。尧道昌而优容许由,汉世盛而任从四皓。嘉遁之士,何代无之?再念臣性同猿鹤,心若土灰,不晓仁义之浅深,安识礼仪之去就?败荷作服,脱箨为冠,体有青毛,足无草履,苟临轩陛,贻笑圣明。愿违天听,得隐此山。圣世优贤,不让前古。数行紫诏,徒烦彩凤衔来;一片闲心,却被白云留住。渴饮溪头之水,饱吟松下之风。咏嘲风月之清,笑傲云霞之表。遂性所乐,得意何言?精神高于物外,肌体浮乎云烟。虽潜至道之根,第尽陶成之域。臣敢期睿眷,俯顺愚衷,谨此以闻。

当时有一学士,忘其姓名。以先生累诏不起,为诗讥先生云:

　　底事先生诏不出?若还出世没般人。

先生复答云:

　　万顷白云独自有,一枝丹桂阿谁无?

后先生亦稀到人间。

先生一日偶游华阴,华阴尉王睦知先生来,倒履迎之。既坐,先生曰:"久不饮酒,思得少酒。"睦曰:"适有美酒,已知先生之来。"命涤器具馔。既欢,睦谓先生曰:"先生居处岩穴,寝止何室?出使何人守之?"先生微笑,乃索笔为诗曰:

　　华阴高处是吾宫,出即凌空跨晓风。台殿不将金锁闭,来时自有白云封。

睦得诗愧谢。先生曰:"子更一年有大灾,吾之来有意救子。守官当如是,虽有灾患,神亦助焉。"睦为官廉洁清慎,视民如子,不忍鞭扑,心性又明敏。先生乃出药一粒曰:"服之可以御来岁之祸。"睦起再拜,受药服之。饮至中夜,先生如厕久不回,遂不见。睦归汴,忽马惊,堕汴水,善没者急救之,得不死。

先生亦时来山下民家,至今尚有见之者。今西岳华山有先生宫观,至今存焉。

吕　先　生　记回处士磨镜题诗

贾师容郎中,治平年任邵州通判,尝蓄古铁镜,规模甚大,非常物也。公甚宝之,久欲淬磨,未得其人。左右曰:"近有回处士,自言善磨镜。"公令召之。

处士至,进见,其简踞,风骨轩昂,公颇疑焉。稍乃异之,因出镜示之。处士曰:"此亦可以磨。"公乃命左右以银瓶酌酒,遣之坐于砌上,处士一饮而尽。乃以所携筒中取药堆镜上。处士曰:"药少,须归取之。"乃去,久不回。公遣人询其宿止,乃在太平寺。门上有诗曰:

> 手内青蛇凌白日,洞中仙果艳长春。须知物外烟霞客,不是尘中磨镜人。

公见诗,吟赏惊叹。其镜上药已化去矣,惟所堆药处一点,表里通明,如寒玉春冰,他处仍旧。公益为珍藏宝爱也。公惋恨不得遇其人。

先生之所以姓回者,盖浑其迹,不使人识耳。回字乃二口,二口即吕字也。

续　　记吕仙翁作《沁园春》

崔中举进士,有学问,春间泛汴水东下,迤逦至湖北,游岳阳,谒故人李郎中。时李知彼州。方至,未见太守,寓宿市邸,闻前客肆中唱曲子《沁园春》。肆内有补鞋人倾听甚久,顾中曰:"此何曲也? 其声甚清美。""乃都下新声也。"其人曰:"吾不解书,子能为吾书,吾于此调间作一词,可乎?"中愕然,因见其眉目疏秀,乃勉取纸笔为写。其人略不思虑,若宿构者,及唱又谐和声调。中观其意,皆深入至道。中疑叹,欲召之饮。其人曰:"吾今日少倦,不欲饮酒。"欲辞去,曰:"与子同邸,明日复相会。"中遽引其衣曰:"愿闻处士之姓可乎? 名则不敢问。"其人曰:"吾生于江口,长于山口,即今为守谷之客,姓名不知也。"乃白中曰:"吾且寝矣,其余来日言之。"则闭户。

傍晚见太守,具言其事,因以词示太守。太守曰:"此乃隐逸高士也。"令一急脚召之。卒击户,具道太守意。其人曰:"子且待之,吾将著衣而出。"久不见出,卒又击门,其人又应,已渐远。又呼,则应又愈远。再呼,则不应。排户而入,则不见人,但见壁间有字,乃录以呈太守,诗一首也。

腹内婴孩养已成，且居廛市暂娱情。无端措大多饶舌，即入
白云深处行。

太守与中但叹恨尘缘相隔，不得遇真仙。中谓太守曰："问其姓名，彼
答以生于江口，长于山口，即今为守谷之客，何也？"太守沉吟思虑，少
选曰："吾得之矣。生于江口，长于山口，二口乃吕字也。为守谷之
客，谷者洞也，客者宾也。仙之姓名晓然。"二人又嗟叹。仙翁所作之
词，此乃今之所传道《沁园春》也。

欧　阳　参　政 游嵩山见神清洞

欧阳永叔登第，授西洛留守推官，是时梅圣俞为洛阳簿，二人相
得之友也。

一日，相约游嵩山，永叔遇佳处即吟咏。遇晚，永叔望西峰巨崖
之巅，有丹书四字云：神清之洞。永叔乃引手指示圣俞曰："公见此
四字乎？"圣俞从公所指而视之，无所见，永叔乃不言。洎乞身告老，
高卧颍水，因思向四字，乃为诗曰：

四字丹书万仞崖，神清之洞锁楼台。烟霞极目无人到，猿鹤
今应待我来。

吟诗后数日，公薨。以公之才学，乃神仙中人也。公平生不言神
仙事，公岂不知也？盖公吾儒宗主，张吾道当如是也。

何　仙　姑　续 补李正臣妻杀婢冤

道州知州周廉夫潜回阙，道由零陵，见仙姑坐中有客，风骨甚峻，
顾望尤踞傲，且不揖。廉夫意似怒，其人乃引去。廉夫曰："彼何人而
简傲若此？"仙姑曰："乃吕仙翁也。"廉夫急遣人追之，已不见矣。仙
姑曰："仙翁意有所往，即至其地。不逾一刻，身去千里。"廉夫固问仙
姑："吕仙翁今往何处？"仙姑乃四望，见仙翁在燕南府，廉夫自恨
而已。

潭州李正臣多为游商，往来江湖间。妻得疾，腹中有物若巨块，

时动于腹中,即痛不可忍,百术治之不愈。正臣乃往见仙姑。仙姑曰:"子之妻尝杀孕婢,今腹中乃其冤也。"正臣求术治之,仙姑曰:"事在有司,已有冤对,不可救也。"其腹中块后浸大,或极痛苦楚,腹裂而死。正臣视妻腹中,乃一死女子,身体间尚有四挞痕焉。异哉!

青琐高议前集卷之九

韩　湘　子_{湘子作诗谶文公}

　　韩湘,字清夫,唐韩文公之侄也,幼养于文公门下。文公诸子皆力学,惟湘落魄不羁,见书则掷,对酒则醉,醉则高歌。公呼而教之曰:"汝岂不知吾生孤苦,无田园可归。自从发志磨激,得官出入金闱书殿,家粗丰足。今且观书,是吾不忘初也。汝堂堂七尺之躯,未尝读一行书,久远何以立身,不思之甚也!"湘笑曰:"湘之所学,非公所知。"公曰:"是有异闻乎? 可陈之也。"湘曰:"亦微解作诗。"公曰:"汝作言志诗来。"湘执笔,略不构思而就曰:

　　　　青山云水窟,此地是吾家。后夜流琼液,凌晨散绛霞。琴弹碧玉调,炉养白朱砂。宝鼎存金虎,丹田养白鸦。一壶藏世界,三尺斩妖邪。解造逡巡酒,能开顷刻花。有人能学我,同共看仙葩。

　　公见诗诘之曰:"汝虚言也,安为用哉?"湘曰:"此皆尘外事,非虚言也。公必欲验,指诗中一句,试为成之。"公曰:"子安能夺造化开花乎?"湘曰:"此事甚易。"公适开宴,湘预末坐,取土聚于盆,用笼覆之。巡酌间,湘曰:"花已开矣。"举笼见岩花二朵,类世之牡丹,差大而艳美,叶干翠软,合座惊异。公细视之,花朵上有小金字,分明可辨。其诗曰:

　　　　云横秦岭家何在,雪拥蓝关马不前。

公亦莫晓其意。饮罢,公曰:"此亦幻化之一术耳,非真也。"湘曰:"事久乃验。"不久,湘告去,不可留。

　　公以言佛骨事,贬潮州。一日途中,分方凄倦,俄有一人冒雪而来。既见,乃湘也。公喜曰:"汝何久舍吾乎?"因泣下。湘曰:"公忆向日花上之句乎? 乃今日之验也。"公思少顷曰:"亦记忆。"因询地

名,即蓝关也。公叹曰:"今知汝异人,乃为汝足成此诗。"诗曰:

> 一封朝奏九重天,夕贬潮阳路八千。
>
> 本为圣明除弊事,敢将衰朽惜残年。
>
> 云横秦岭家何在,雪拥蓝关马不前。
>
> 知汝远来深有意,好收吾骨瘴江边。

乃与湘同宿传舍,通夕议论。

湘曰:"公排二家之学,何也? 道与释,遗教久矣,公不信则已,何锐然横身独排也? 焉能俾之不炽乎? 故有今日之祸。湘亦其人也。"公曰:"岂不知二家之教,然与吾儒背驰。儒教则待英雄才俊之士,行忠孝仁义之道。昔太宗以此笼络天下之士,思与之同治。今上惟主张二教,虚己以信事之。恐吾道不振,天下之流入于昏乱之域矣,是以力拒也。今因汝又知其不诬也。"公与湘途中唱和甚多。一日,湘忽告去,坚留之不可,公为诗别湘曰:

> 未为世用古来多,如子雄文世孰过?
>
> 好待功成身退后,却抽身去卧烟萝。

湘别公诗曰:

> 举世都为名利役,吾今独向道中醒。
>
> 他时定见飞升去,冲破秋空一点青。

湘谓公曰:"在瘴毒之乡,难为保育。"乃出药曰:"服一粒可御瘴毒。"公谓湘曰:"我实虑不脱死魂游海外,但得生入玉门关足矣,不敢复希富贵。"湘曰:"公不久即归,全家无恙,当复用于朝矣。"公曰:"此别复有相见之期乎?"湘曰:"前约未可知也。"后皆如其说焉。

诗 渊 清 格 本朝名公品题诗

吴江长桥千尺,跨太湖,危亭构爽塏,登临者毛骨寒凛,乃二浙之绝境也。能诗者过亭下,俱有吟咏。苏子美有《长桥赏月》之诗。诗曰:"云头滟滟开金饼,水面沉沉挂彩虹。"欧阳永叔称道为此桥雄壮,非此句不足称也。余向过吴江,常观诸公诗,择其佳者载于此,固足与子美并驰也。杨蟠有诗曰:"水云清骨思何赊,疑在仙源泛去槎。

八十丈虹晴卧影，一千顷玉碧无瑕。几多风月输诗客，无限莼鲈属酒家。只待功成身退日，烟波深处是生涯。"郑内翰毅亦有题长桥之句云："排天蟏蛛玉围腰，驾海鲸鲵金背高。"因诸公诗，江山益增光价。

润州金山寺，张祐以江防留题二篇，虽名贤经过，缩手袖间，不敢落笔。盖兹山居大江中，迥然孤秀，诗意难见其寺与山，出于水中之意也。祐诗久为绝唱云："寺影中流见，钟声两岸闻。"罗隐有《题金山》之句。诗云："老僧参罢关门后，不管波涛四面生。"孙山亦有诗二句云："结寺孤峰上，安禅巨浪间。"亦可亚前二人之诗也。

南岳祝融峰上寺，留题甚众。谢安有诗曰："云湿幽谷滑，风流古木香。"僧栖岩亦有诗云："闲云四边尽，浮世一齐低。"惟先生周载之什题绝其意云："五千里地望皆见，七十二峰中最高。"全楚之地五千里，南岳七十二峰，祝融最高也。

润州甘露寺有三贤亭，乃刘备、曹操、孙权曾会于此，故罗隐有诗曰："汉鼎未分聊把手，楚醪虽美肯同心？"过亭者心服焉。

衡州耒阳县有杜甫祠堂，寒江古源，设像存焉。留咏莫知其数，欧阳永叔尤称赏徐介之休，诗曰："天接汨罗水，江心无所存。固交工部死，来往大夫魂。流落同千古，风骚共一源。消疑伤往事，斜月隐颓垣。"

陆子履经为山阳令，有《言怀》诗云："薄有田园归去好，苦无宦况早来休。"士君子莫不赏味其意。

古人有《早行》诗云："主人灯下别，骑马月中行。"前人亦有《早行》诗云："旅人心自急，公子梦尤迷。"惟江东逸人王衮之句云："高空有月千门闭，大道无人独自行。"兹乃出类之格。又有《拄杖》句云："探水卓破金鳌头，拨云敲断老虎脚。"其逸俊豪迈可见矣。

永叔尝言苦吟句云："一句坐中得，片心天外来。"兹所谓苦吟破的之句也。永叔有《月砚》诗云："老蚌吸月月降胎，水犀散星星入角。彤云砾石变灵砂，白虹贯日生美璞。"物理相感，则如是焉。子美深穷其趣也，为永叔之所称道。永叔尝言："子美才思潇洒，无毫发尘土气。"

湘南诗僧文喜为《失鹤》诗云："一向乱云寻不得，几番临水待归来。"僧曾以此诗上潭州刘相,大见称赏。河北僧清晤《春月即事》诗云:"鸟归花影动,鱼触浪痕圆。"又有《郊外野步》诗云:"叠波漾层汉,残阳补断霞。"僧以诗上贾侍中褒,称为佳句。

范文正《采茶歌》为天下传诵。蔡君谟暇日与希文聚话,君谟谓公曰:"公《采茶歌》脍炙士人之口久矣,有少意未完,盖公方气豪俊,失于少思虑耳。"希文曰:"何以言之?"君谟曰:"公之句云:'黄金碾畔绿尘飞,碧玉瓯中翠涛起。'今茶之绝品,其色甚白,翠绿乃茶之下者耳。"希文笑谢曰:"君善知茶者也,此中吾诗病也,君意何如?"君谟曰:"欲革公诗之二字,非敢有加焉。"公曰:"革何字?"君谟曰:"绿翠二字也。"公曰:"可去。"曰:"黄金碾畔玉尘飞,碧玉瓯中素涛起。"希文喜曰:"善哉!"又见君谟精于茶,希文服于义。议者曰:希文之诗为天下之所共爱,公立意未尝徒然,必存教化之理,他人不可及也。

濮州杜默当年自为三豪,言默豪于歌。石守道赴诏作太学直讲,作六字歌送之。举其警句云:"仁义途中驰骋,诗书府里从容。头角惊杀虾蟹,学海波中老龙。爪距逐出狐兔,圣人门前大虫。推倒杨朱墨翟,扶起孔子周公。一条路出瓮口,几程身寄云中。水浸山影倒碧,春著花梢半红。"因此歌得在三豪之列。又有上欧阳永叔诗云:"一片灵台挂明月,万丈词艳飞长虹。乞取一杓凤池水,活得久旱湍泥龙。"其豪壮皆此类也。

诗　　　谶　本朝名公诗成谶

王禹偁曾作《病鹤》诗云:"埋瘗肯为鸿雁侣?飞鸣不到凤凰池。"以文学才藻历显官、登金门、上玉堂,不为难也。竟不与,其兆即见于诗矣。余友张行退翁,都下人也。幼好学,与当世豪杰曳长裾、游场屋,籍籍有声,自为□□□□。禹偁心有屠龙夺明珠志,不售于有司,终莫能成就,已见于诗乎! 公有《言怀》诗云"名教随分乐,天赐一生闲"之句。

时衡州天庆观主石道士有《春月泛舟》诗云:"石压笋斜出,崖悬花倒生。"后刺史入观,怒其不扫庭宇,挞之。此辱亦先见其前诗意也。刺史知其能诗,乃召之,以言抚之。又为诗上刺史,诗云:"春来不是人慵扫,为惜苍苔衬落花。"刺史悔焉。欲召之饮,石复有诗上刺史云:"敲开败箨露新竹,拾上落花妆旧枝。"其诗尤为湘人所慕爱。吁!守令之权,固足以辱人;怒忿之气,弗明善恶,则致之于有过之地,既往从而悔焉,亦其谬也。

荔　枝　<small>诗鬼窃荔枝题绝句</small>

治平二年,长沙赵琪作广东提刑。提刑公宇在韶州,其公宇西轩有荔枝数本,非常繁盛,实熟时,色夺晴霞。中夏,荔枝方熟,琪将召刺史醉赏。一夕,荔枝皆空,皮核满地,琪深讶之。乃开西轩,见西壁有诗一绝云:"吾侪今日会佳宾,满酌洪钟酒数巡。狼藉薰风不知晓,荔枝又是一翻新。"后寂无所见。

青琐高议前集卷之十

王幼玉 记幼玉思柳富而死

淇上柳师尹撰

王生,名真姬,小字幼玉,一字仙才,本京师人,随父流落于湖外。与衡州女弟女兄三人皆为名娼,而其颜色歌舞,角于伦辈之上,群妓亦不敢与之争高下。幼玉更出于二人之上,所与往还皆衣冠士大夫,舍此虽巨商富贾,不能动其意。

夏公酉夏贤良名噩,字公酉。游衡阳,郡侯开宴召之。公酉曰:"闻衡阳有歌妓名王幼玉,妙歌舞,美颜色,孰是也?"郡侯张郎中公起,乃命幼玉出拜。公酉见之,嗟吁曰:"使汝居东西二京,未必在名妓之下,今居于此,其名不得闻于天下。"顾左右取笺,为诗赠幼玉。其诗曰:

> 真宰无私心,万物逞殊形。嗟尔兰蕙质,远离幽谷青。清风暗助秀,雨露濡其泠。一朝居上苑,桃李让芳馨。

由是益有光。

但幼玉暇日常幽艳愁寂,寒芳未吐。人或询之,则曰:"此道非吾志也。"又询其故,曰:"今之或工或商、或农或贾、或道或僧,皆足以自养。惟我傅涂脂抹粉,巧言令色,以取其财,我思之愧赧无限,逼于父母姊弟,莫得脱此。倘从良人,留事舅姑,主祭祀,俾人回指曰:'彼人妇也。'死有埋骨之地。"

会东都人柳富,字润卿,豪俊之士,幼玉一见曰:"兹吾夫也。"富亦有意室之。富方倦游,凡于风前月下,执手恋恋,两不相舍。既久,其妹窃知之。一日,诉富以语曰:"子若复为向时事,吾不舍子,即讼子于官府。"富从是不复往。

一日,遇幼玉于江上,幼玉泣曰:"过非我造也,君宜以理推之,异时幸有终身之约,无为今日之恨。"相与饮于江上。幼玉云:"吾之骨,异日当附子之先陇。"又谓富曰:"我平生所知,离而复合者甚众,虽言爱勤勤，不过取其财帛，未尝以身许之也。我发委地，宝之若金玉，他人无敢窥觇，于子无所惜。"乃自解鬟，剪一缕以遗富。富感悦深至，去，又羁思不得会为恨，因而伏枕。幼玉日夜怀思，遣人侍病。既愈，富为长歌赠之云：

> 紫府楼阁高相倚，金碧户牖红晖起。其间燕息皆仙子，绝世妖姿妙难比。偶然思念起尘心，几年谪向衡阳市。阿娇飞下九天来，长在娼家偶然耳。天姿才色拟绝伦，压倒花衢众罗绮。绀发浓堆巫峡云，翠眸横剪秋江水。素手纤长细细圆，春笋脱向青云里。纹履鲜花窄窄弓，凤头翅起红裙底。有时笑倚小栏杆，桃花无言乱红委。王孙逆目似劳魂，东邻一见还羞死。自此城中豪富儿，呼僮控马相追随。千金买得歌一曲，暮雨朝云镇相续。皇都年少是柳君，体段风流万事足。幼玉一见苦留心，殷勤厚遣行人祝。青羽飞来洞户前，惟郎苦恨多拘束。偷身不使父母知，江亭暗共才郎宿。犹恐恩情未甚坚，解开鬟髻对郎前。一缕云随金剪断，两心浓更密如绵。自古美事多磨隔，无时两意空悬悬。清宵长叹明月下，花时洒泪东风前。怨入朱弦危更断，泪如珠颗自相连。危楼独倚无人会，新书写恨托谁传？奈何幼玉家有母，知此端倪蓄嗔怒。千金买醉嘱佣人，密约幽欢镇相误。将刃欲加连理枝，引弓欲弹鹡鸰羽。仙山只在海中心，风逆波紧无船渡。桃源去路隔烟霞，咫尺尘埃无觅处。郎心玉意共殷勤，同指松筠情愈固。愿郎誓死莫改移，人事有时自相遇。他日得郎归来时，携手同上烟霞路。

富因久游，亲促其归。幼玉潜往别，共饮野店中。玉曰："子有清才，我有丽质，才色相得，誓不相舍，自然之理。我之心，子之意，质诸神明，结之松筠久矣。子必异日有潇湘之游，我亦待君之来。"于是二人共盟，焚香，致其灰于酒中，共饮之。是夕同宿之江上。翌日，富作词别幼玉，名《醉高楼》。词曰：

> 人间最苦，最苦是分离。伊爱我，我怜伊。青草岸头人独立，画船东去橹声迟。楚天低，回望处，两依依。　　后会也知俱有愿，未知何日是佳期？心下事，乱如丝。好天良夜还虚过，

辜负我,两心知。愿伊家,衷肠在,一双飞。

富唱其曲以沽酒,音调辞意悲惋,不能终曲,乃饮酒相与大恸。富乃登舟。

富至辇下,以亲年老,家又多故,不得如其约,但对镜洒涕。会有客自衡阳来,出幼玉书,但言幼玉近多病卧。富遽开其书疾读,尾有二句云:"春蚕到死丝方尽,蜡烛成灰泪始干。"富大伤感,遗书以见其意云:

> 忆昔潇湘之逢,令人怆然。尝欲挐舟泛江一往,复其前盟,叙其旧契,以副子念切之心,适我生平之乐。奈因亲老族重,心为事夺,倾风结想,徒自潇然。风月佳时,文酒胜处,他人怡怡,我独惚惚,如有所失。或凭酒自释,酒醒情思愈彷徨,几无生理。古之两有情者,或一如意,一不如意,则求合也易。今子与吾两不如意,则求偶也难。君更待焉,事不易知,当如所愿。不然,天理人事果不谐,则天外神姬,海中仙客,犹能相遇,吾二人独不得遂,岂非命也! 子宜勉强饮食,无使真元耗散,自残其体,则子不吾见,吾何望焉! 接子书,尾有二句,吾为子终其篇云:

> 临流对月暗悲酸,瘦立东风自怯寒。
>
> 湘水佳人方告疾,帝都才子亦非安。
>
> 春蚕到死丝方尽,蜡烛成灰泪始干。
>
> 万里云山无路去,虚劳魂梦过湘滩。

一日,残阳沉西,疏帘不卷,富独立庭帏,见有半面出于屏间,富视之,乃幼玉也。玉曰:"吾以思君得疾,今已化去,欲得一见,故有是行。我以平生无恶,不陷幽狱,后日当生兖州西门张遂家,复为女子。彼家卖饼,君子不忘昔日之旧,可过见我焉。我虽不省前世事,然君之情当如是。我有遗物在侍儿处,君求之以为验。千万珍重!"忽不见。富惊愕,但终叹惋。异日有过客自衡阳来,言幼玉已死,闻未死前嘱侍儿曰:"我不得见郎,死为恨。郎平日爱我手、发、眉、眼,他皆不可寄附,吾今剪发一缕,手指甲数个,郎来访我,子与之。"后数日,幼玉果死。

议曰:今之娼,去就徇利,其他不能动其心,求潇女、霍生事,未尝闻也。今幼玉爱柳郎,一何厚耶? 有情者观之,莫不怆然。善谐音律者,广以为曲,俾行于世,使系于牙齿之间,则幼玉虽死不死也。吾故叙述之。

王彦章画像记记王公忠勇节义

欧阳参政撰

太师王公讳彦章,字子明,郓州寿张人。仕梁为宣武军节度使,以身死国,葬于郓州之莞城。唐天福二年时,赠太师。王公素以忠勇闻,梁、唐之争百战,其为勇将多矣,而唐人独畏彦章。自乾化后常与晋战,屡困庄宗于河上。及梁末年,小人赵岩等用事,梁之大臣老将,多以谗间见逐而不用,梁亦尽失河北。事势已去,诸将多怀顾望。独公奋然,自不少屈,志虽不就,卒死忠节。公既死,而梁亦亡,悲夫!

五代始终才五十年,而更十二君,五易国而八姓。士之不幸而出乎其时,能不污其身得全其节者鲜矣。公本武人,而不知书,其语质直,常谓人曰:"豹死留皮,人死留名。"盖其义勇忠信,出于天性而然。予于五代书,窃有善善恶恶之心,及观公传,未尝不感愤叹息。惜乎旧史残略,不能集公之事。

康定元年,予以节度判官来此,求于滑,得公之孙睿所录家传,颇多于旧史。其记战胜攻取皆详。又言:敬拜末帝,不肯用公,公欲自经于帝前。公因用笏画山川形胜,历历可据。又言:公有五子,其二同公死节。此皆旧史无之。又闻:公在滑州,以谗自归于京师。史云召之。是时梁兵尽属段凝,京师赢兵不满数千,公选五百人保銮舆往郓州,以力寡败于中都。而史云将五千以往者,非也。公之决胜,期三日破敌。梁之将相闻者皆窃笑。及破南城,果三日。是时唐庄宗在魏,闻公复用,料公必速攻,自魏驰马来救,已不及矣,庄宗之料敌,公之善出奇兵,何其神哉! 今国家罢兵四十年,一日王元昊反,败军没将,而攻守之计至今未决。予尝独持攻守之说,而叹边将屡失其机,时人闻予说者,或笑以为狂惑,忽而不听。虽予亦惑不能自信,及读公传,知战胜攻取一出于奇,然后能胜。然非审于为计者不能出奇。奇在速,速在果,此天之伟才男了之所为,非拘牵常策之士所到也。

每读其传，未尝不想见其人。二年，予复来通判州事。岁之正月，予过此俗所谓铁枪寺者，又得公画像而拜焉。其像岁久磨灭，隐隐可见，亟命工完理之，他不敢有加焉，惧失其真也。公善用铁枪，时人号为王铁枪。公死已百年，至今人犹以名其寺，儿童牧竖皆知王铁枪蜀良将也。一枪之勇，同时岂无？而公独不朽者，岂其忠义之节使然欤？像百余年矣，葺之复可百余年，然名之不泯者，不系乎画之存否也。而尤区区如此者，盖感仰希慕之至焉耳。读其书尚想其人，况得拜其像，识其面目，不忍见其坏也。

画甫完，予题数言于后而归其人，使之藏焉。嘉祐五年十一月一日立石。

议曰：取彼谗者，投畀豺虎。豺虎不食，投畀有北。有北不受，投畀有昊。疾之也。梁攻庄宗，保銮舆，兵争得，有严敌，旦暮见破其城，屠其民，杀其身，毁其宗庙，而信谗者之言，夺勇将之兵，付庸愚之手，卒败大事。甚哉谗邪之能覆人之国也。悲夫！

曹 太 守 传 曹公守节不降贼

曹觐，字觌道，东鲁人也。以诗礼名家，中高第，行义恢伟，所至有美声。皇祐年，为康州刺史。会蛮獠侬智高乘天下久太平，二广无武备，泉邑泛舟，旌旗铙鼓，震川而下。守令仓卒不暇支吾，皆弃城窜伏山谷。獠贼若入无人之境，所至烧屠，居民流散，被其害者甚众。惟公谓左右曰："刺史吾职也，义不可去。使吾得数百人，抽肠溅血，必破此贼。"乃募城中兵民愿行者，诱以重赏，无一人应者。

贼压境，举州官吏溃散，惟一主簿泣在公旁，公曰："汝有家，宜去。汝死于贼，亲孰依倚？可急去避祸，无留也。"主簿又泣曰："公以一身，又安能御贼？愿公避之。今避者非公一人也，公何苦若是？公以一身死贼，无益于事。"又泣告。公曰："吾受命守此州，安可临难而自免？岂有天子吏避贼者乎？子有亲，急去，无空守吾也。"比至，主簿泣而去。洎贼入府，公乃厉声谓贼曰："天子封汝等官，岁以缯絮币帛加赐与汝，汝等以岁入朝贡，朝廷亦甚嘉美汝等，何敢无故辄离巢穴，剽掠郡县，杀害民吏，惊恐边幅。一旦天子怒，命一将将兵数千，断汝归路，汝等俱死锐兵之下，虽欲归诚，安可得也！尔等可相率丑类，亟还巢穴。"公乃瞋目振怒叱之。兵少却，公怒骂不止，竟为乱兵所杀。至死大骂不息。

公之生子方数月，贼入府，妻乃遁，弃其子于府后竹园中。后三日贼过，其妻还视其子，尚呱呱然泣于草中，乃复乳育之。天子加美嗟叹，以重爵加其子，欲延纳之，旌其忠以大其门。后赠公之诗者甚众，惟鲁公参政之诗，格老气劲，杰出众诗之上。诗曰：

款军樵门日再晡，空拳犹自把戈铁。

身垂虎口方安坐，命若鸿毛竟败呼。

柱下呆卿曾断骨，袴中杵臼得遗孤。

可怜三尺英雄气，不怕山西士大夫。

青琐高议后集卷之一

大　姆　记 因食龙肉陷巢湖

究地理，今巢湖，古巢州也。或改为巢邑。一日江水暴泛，城几没。水复故道，城沟有巨鱼，长数十丈，血鬣金鳞，电目赭尾，困卧浅水，倾郡人观焉。后三日，鱼乃死。郡人脔其肉以归，货于市，人皆食之。

有渔者与姆同里巷，以肉数斤遗姆，姆不食，悬之于门。一日，有老叟霜鬓雪须，行步语言甚异，询姆曰："人皆食鱼之肉，尔独不食悬之，何也？"姆曰："我闻鱼之数百斤者，皆异物也。今此鱼万斤，我恐是龙焉，固不可食。"叟曰："此乃吾子之肉也，不幸罹此大祸，反膏人口腹，痛沦骨髓，吾誓不舍食吾子之肉者也。尔独不食，吾将厚报尔。吾又知尔善能拯救贫苦，若东寺门石龟目赤，此城当陷。尔时候之，若然，尔当急去无留也。"叟乃去。

姆日日往视，有稚子讶母，问之，姆以实告。稚子欺人，乃以朱傅龟目，姆见，急去出城。俄有小青衣童子曰："吾龙之幼子。"引姆升山，回视全城陷于惊波巨浪，鱼龙交现。

大姆庙今存于湖边，迄今渔者不敢钓于湖，箫鼓不敢作于船。天气晴明，尚闻水下歌呼人物之声。秋高水落，潦静湖清，则屋宇阶砌，尚隐见焉。居人则皆龙氏之族，他不可居，一何异哉！

大　姆　续 记 盗贼不敢过巢湖

治平年间，有辖舟王潜济湖。潜方半醉，调小管自娱。时湖风清细，调闻数里。他舟皆至于岸，惟潜舟泛泛湖中，不能及焉。潜惧，舍管，与舟人望庙拜祷谢过，他舟亦为之祷焉，舟方抵岸。不月，妻死，潜被罪流远方。

谚曰："过湖三升米，不然五石粟。"意谓美人君子忠信仁义，则神佑以清风，一日可济。苟行有欺于人，心或负于神，则顺风莫可得，舟舣岸数日亦不可知，此五石粟之意也。古人之言云："子若作盗去，无往巢湖住。"兹盖神之明正，不容盗贼践其境也。迄今虽鼠窃狗偷，不敢游过湖焉。

陷　　　池 曹恩杀龙获天谴

《郴州图经》：去州二千里有陷池，向有民家杀龙子，一夕，大风雷，全家乃陷。

《风俗记》：郴人曹恩家有男，捕于水，得鱼长三四尺，烹之。置鱼于釜，釜辄铿然，复沃地，置釜，釜又破。恩弗为异，鲙而烹食之。俄有怪云若积墨，起于岭上，雷声隐隐，随之烈火发于屋，恩驰走去，屋乃陷。比邻之民见一吏擒恩回，一吏读案云："曹恩性原残狠，心类狼虎，破釜不疑，顾神灵如土块，持刀自若，戾极凶狠，不可矜恕。"乃掷恩于陷池，比邻皆见焉。陷池阔不逾一亩，澄泓黑色，其源无穷。渔者常以千丈丝垂之，不极其底。迄今风晦，尚闻人言语，鸡犬鸣吠。岁旱，民驱牛入于池，有顷，雷雨大作，俗呼为洗池雨。

议　　　医 论医道之难精

夫医之为道，尤难于他术，从来久矣。方其疾也，虽金玉满堂，子弟骨肉环围，莫能为计，必得良医以起之。即医之为功非小焉，主执人之性命者也。此所以良医患少，而庸医患多也。不意人疾为庸医所持，反覆寒热，弗辨形脉，是趣其疾使加焉，则从而失者有之。余尝患其若是，前集尝言之矣，意不为诸君得也，诚欲士君子治病得其人云耳。

孙 兆 殿 丞 孙生善医府尹疾

治平年间，有显官权府尹事，忘其名。一日坐堂决事，人吏环立，尹耳忽闻风雨鼓角声。顾左右曰："此何州郡也？"吏对以天府。尹曰："若然，吾乃病耳。"遽召孙公往焉。公诊之，乃留药治之。翌日，尹遂如故。尹召问曰："吾所服药切类四味饮？"公曰："是矣。"尹云："始虑为大患，服此药立愈，其故何也？"公曰："心脉大盛，肾脉不能归经耳。以兹凉心，则肾脉复归经络，乃无恙。"公之医高出于众人，寻常皆如是。众人难之，公以为易；众人易之，公以为难：真世之良医也。

杜 任 郎 中 杜郎中世之良医

余常闻里人王奉职云：仁庙时仕于汶阳，时有郡人孟生者温厚，惟一子方数岁，得疾，他医数人治之无效。召杜任治之，数日而良已，逾月而平复。孟亦知医，询公曰："君以何药主之？"公曰何药也。孟惊曰："公所言皆剂之至温者，他人不取，君独用之，而能起疾，其义可闻乎？"公曰："君富家也，众医皆用犀珠金箔主之，其性至凉，凉则寒其胃，由是多不喜食，日益羸瘠，元气既损，则至于死矣。吾之剂则先温其胃，使其饮食如故，然后攻其他疾，是先壮其本，而后攻其疾者焉。"固知杜君之善医也如此。今翰苑互相淬磨，究明经书，医者甚众，如曹应之、胡院谏皆良医也。

本 朝 善 卜 苗达善卜赐束帛

仁庙时，后苑有水亭将坏，方议修整，帝以记年月日，诏苗达而问焉。达乃筹于帝前，奏云："若人，则其人见病，必恐不起。如物，则将坏之兆。"帝甚喜，以束帛赐之，以旌其术。

胡　僧　善　相执中遇胡僧说相

丞相陈公执中,改官授端州刺史,溯江而上,至于洪、吉之间,阻风数日。晚岸幽寂,公徐徐闲步。遇胡僧,卷鼻目耸,金环贯耳,揖公,公坐,命之坐于岸。僧谓公曰:"公虎目凤鼻,骨方气清,身当极贵。"公知其异,前席询之。僧云:"气欲伏,不欲发;骨欲细,不欲露。肉贵厚而莹,发宜黑而光。目欲相去远,黑白分明;眉欲秀而浓,相对而起。口红润而方,鼻隆高而贯,面方而莹泽,耳厚而隐伏,身肌重厚,举动详审,皆相之美者也。夫相美于外,不若美于内。美于外,人所共有;美于内,人所难全。内外全美,是为大人。公相甚奇,但公虎目猿身,平地非能为也。当有攀附,然后有所食,公不日位极卿相。"公曰:"如师言,不敢相忘。"僧求纸为诗赠公,诗曰:"虎目猿身形最贵,只因攀附即升高。知君今向端溪去,助子清风泛怒涛。"僧乃指公曰:"请入舟中,顺风将至。"僧遂与公相揖而别,乃登舟,张帆去。公回顾,僧犹岸上祝公曰:"保重。"

公后显用,皆仁庙拔擢,至于相,果如僧言,一何异也。

画　　　品　欧阳沿善画赠诗

欧阳沿与予有二纪之旧,从游固非一日也。沿初甚好学,屡求荐于有司,久而未售。回顾亲老族重,囊无百金之直,乃拊髀叹曰:"大丈夫生当重裀卧,列鼎食,设使为白首博士,有何足道哉!吾且事父母,畜妻子,然后言昔日之志。"因写丹青,尤工传神,落笔神奇,想入心匠,移之缣素,迥夺天真,既得乎生平之容,又全乎言笑之和,一时妙手,皆出其下。士君子推重焉。名公多以诗赠之,但载二篇。杨著作杰诗曰:"国手曾烦写几回?无人仿佛醉颜开。青铜镜里寻常见,不谓君从笔下来。"刘文毅又有诗曰:"妙笔君今第一人,心欺造化夺天真。精明形骨从来一,移入青缣作两身。"

议　　　画论画山石竹木花卉

画山水则贵乎石老而润，水淡而明，泉石分乎高下，山川辨乎远近，野径萦纡，云烟出没，千里江山，尽归目下，乃其妙也。

画松竹则贵乎势傲烟霞，气凌霜雪，怪节枯藤，直干森空，虬枝蟠曲，倒缠龙蛇，偃盖低欹，如藏风雨，即其妙也。

画龙则贵目生威武，朱须激水，鳞甲藏烟，爪牙快利，点其睛则当飞去，于水则起云雷，尽其妙也。

画楼阁贵乎万木拱合，群屋鳞鳞，槛植周环，基扃高下，良工望之，不敢伸手，尽其妙也。

画花草贵乎妙破天工，偷回真造，幽轩四序有春，东君不能施巧，尽其妙也。

凡画鬼无常形，人所未见，故易为工矣。于人鸟花木翎毛，皆所常见，即难得其真。古今名笔，士君子皆好焉，余少道其大概而已。

狄　　　方李主遣鬼取名画

狄方，西洛人，好蓄古物，有画牛一轴，不知几年也。一童牧一牛，旁有草庵，方不以为奇异。一日，悬之于壁，夜偶执烛照之，则牧童卧于庵中，方因以惊。明日视之，则童立牛旁。夜复视之，仍入屋。方自此宝之。有善画者过门，方出而示之，云："此画入神，绝世之物也。"

一日，有客谒方曰："知子有奇画，可得见乎？"方示之。客曰："愿以百金购之。"方云："虽万金不愿易也。此吾家神物也。"客曰："此江南李主库中物也，国破不知所之，主遣吾求之数年未获。子不诺，后必失之。"由是方锁于箧，出入自随，非亲友莫得见焉。

一日，方之友人钱淳与方不相见数年，惠然来谒。坐久，叩方曰："知子得绝笔，淳颇识之高下。"方取以示淳，淳看毕乃怀之，掷金十星于地曰："吾为李主取画，金特偿之。"出门不见。方大悔恨，卧病久方愈。后有人言淳死已久矣。

青琐高议后集卷之二

太祖皇帝 不拜佛永为定制

太祖皇帝初幸相国寺,至佛像前烧香,问当拜与不拜。僧赞宁曰:"不当拜。"问其何故,对曰:"见在佛不拜过去佛。"适会上意,遂微笑颔之,因以为定制。至今行幸焚香皆不拜,议者以为得礼。

唐明皇 出猎以官为酒令

唐明皇居东宫日,出猎逐兔,马决入他人苑,左右皆不能制。隐隐望山洞轩中有人语笑,乃下马系古槐,独步而行。见五六人,皆衣冠子弟辈,聚饮其中。众不知是明皇,俱起揖。帝辄居主位。中有愠帝居上坐,颇不乐,一人乃起白曰:"鄙夫有令,能如令,方可举杯。"帝曰:"何令也?"曰:"以祖上官甚崇者先饮。"帝方渴,乃索酒,其人曰:"愿闻祖先官爵。"帝曰:"吾饮而后言。"乃饮一大卮云:"曾祖天子,祖天子,父天子,见今是太子。"乃上马。众随而视,见联钱金勒,双龙绣鞯,马走如飞,众方惊也。

王荆公 士子对荆公论文

王荆公介甫退处金陵,一日,幅巾杖屦,独游山寺,遇数客盛谈文史,词辩纷然。公坐其下,人莫之顾。有一客徐问公曰:"亦知书否?"公唯唯而已。复问公何姓,公拱手答曰:"安石姓王。"众人惶恐,惭俯而去。

李　太　白跨驴入华阴县内

唐李白，字太白。离翰苑，适远游华山，过华阴，县宰方开门判案决事。太白乘醉跨驴入县内，宰不知，遂怒命吏引来。太白至厅亦不言。宰曰："尔是何人，安敢无礼？"太白曰："乞供状。"宰命供，太白不书姓名，只云："曾得龙巾拭唾，御手调羹，力士抹靴，贵妃捧砚。天子门前尚容吾走马，华阴县里不许我骑驴。"宰见大惊，起愧谢揖曰："不知翰林至此，有失迎谒。"欲留，太白不顾，复跨驴而去。

李　侍　读善饮号为李方回

李侍读仲容魁梧善饮，两京号为李方回。真宗饮量，近臣无拟者，欲敌饮，则召公。公常寡谈，颇无记诵，酒酣则应答如流。

一夕，真宗命巨觥，俾满饮，欲观其量。因饮大醉，起固辞曰："告官家，荐巨器。"上乘醉问之："何故谓天子为官家？"遽对曰："臣尝记蒋济《万机论》言：三皇官天下，五帝家天下。兼三五之德，故曰官家。"上甚喜，从容数杯。上又曰："真所谓君臣千载遇。"李亟曰："惟有忠孝一生心。"纵冥搜亦不及此。

范　文　正不学方士干汞术

范文正公仲淹监西汉盐仓日，遇一方士甚厚，每使占卜多验，然衣食自足，无所求于公。

方士寄僧舍，一日病，遣人谓公曰："自料病不起，愿公一顾，当以后事奉托。"公亟往视之。方士曰："感公厚待，今垂死，止有子八岁，不免奉累。某有干汞术，未尝语人，仍有药银二百两在箧中，愿公为殡，余者并术献公。"公曰："一一如教，但术则不愿见，银亦不愿取。"坚请方士自封识，仍书年月其上。

明日，方士卒，公以所留银备后事毕，育其孤如己子，人莫知其为方士之子也。至十八岁，教诲备至，颇能属文。公一日语之曰："汝非吾子，乃方士某人之子也。"其子泣不愿去，公曰："汝父有手书在。"即取所藏葬银及干汞术授之，封识如故，公亦未尝省也。

直　笔　<small>不以异梦改碑铭</small>

文正公知庆州日，有人以碑铭托公者，公为撰述，夤缘及一贵人阴事。一夕梦贵人告曰："某此事实有之，然未有人知者，今因公之文，遂暴露矣，愿公改之。"公梦中谢曰："隐公此事，则某人当受恶名；公实有此，我非诳人者，不可改也。"贵人即以语恐公曰："公若不改，当夺公长子。"公曰："死生，命也。"未几，长子纯佑果疾卒。又梦贵人曰："公竟改否？若不改，当更夺公一子。"公又曰："死生，命也。"俄而次子纯仁亦病。此两梦贵人甚有倨色。

既而又梦，贵人乃以情告曰："公长子数当尽，我岂能夺，今告公为我改之，公次子行安矣。"公卒不改，纯仁数日遂安。后至丞相。公之刚直足可见也。

王　荆　<small>公不以军将妻为妾</small>

王荆公介甫知制诰日，吴夫人为买一妾，荆公见之曰："何物女子？"对曰："夫人令执事左右。"曰："汝谁氏？"曰："妾夫为军大将，部运米失舟，家资尽没，犹不足，又卖妾以偿。"公愀然曰："夫人用钱几何得汝？"曰："九十万。"公呼其夫，令为夫妇如初，尽以钱赐之。

司　马　温　<small>公不顾夫人所买妾</small>

司马温公从襄颖公辟为太原府通判日，尚未有子，颖公夫人言之，为买一妾，公殊不顾，夫人疑有所忌也。一日，教其妾曰："俟我出，汝自妆饰往书院中。"冀公一顾也。妾如其言，公讶曰："夫人出，汝安得至此？"亟遣之归内。

评曰：古之仁人君子不迩声色如此，皆是学力充足。吁！不欺暗室，不愧屋漏，温公之谓软！

张　乖　崖出嫁侍姬皆处女

王筠、李顺乱蜀之后，凡官于蜀者，多不挈家以行，至今成都知府犹有此禁。张詠知益州，单骑赴任，是时一府官属惮张之严峻，莫敢蓄婢媵。张不欲绝人情，遂自置侍婢以侍巾帻，自此官属稍置侍姬矣。张在蜀四年，被召还阙。呼婢父母，出资以嫁之，皆处女也。

汤　阴　县未第时胆勇杀贼

张乖崖未第时，尝过汤阴县，县令赐束帛万钱，张即时负之于驴，与小童驱而归。或谓曰："此去遇夜道店，陂泽深奥，人烟疏远，可俟伴偕行。"张曰："秋冷矣，亲老未授衣，安能少留耶？"但淬一短剑而去。

行三十余里，日已暮，止一孤店，惟一翁洎二子，见张甚喜，密相谓曰："今夜好个经纪。"张窃闻之，亦心动，因断柳枝若合拱者为一培，置室中。店翁问曰："待此何用？"张曰："明日早行，聊为之备耳。"夜始分，翁命其子呼曰："鸡已鸣，秀才可行矣。"张不答，即来推户。张先以坐床拒左扉，以手拒右扉，店夫既呼不应，即再三排门。张忽退立，其人闪身踉跄而入，张摘其首，毙之，曳入闼。少时，次子又至，如前复杀之。张持剑往视翁，方燎火爬痒，即断其首。老幼数人，并命于室。呼童牵驴出门，乃纵火焚店，行二十里始晓。后来者曰："前店人失火。"

张　齐　贤从群盗饮酒食肉

张齐贤布衣时，性倜傥，有大度，孤贫落魄，尝舍道上。一日，偶见群盗十余人饮食于逆旅之间，居人皆恐惧窜匿。齐贤径前揖之曰：

"贱子贫困,欲就诸公求一醉饱,可乎?"盗喜曰:"秀才乃肯自屈,何不可者!顾我辈麓疏,恐为秀才笑耳。"即延之坐。齐贤曰:"盗者非碌碌辈所能为也,皆世之英雄耳。仆亦慷慨士,诸君何间焉?"乃取大碗,满酌饮之,一举而尽,如是者三。又取豚肩,以手擘为数段而啖之,势若狼虎。群盗视之骇愕,皆咨嗟曰:"真宰相器也。不然,安能不拘小节如此也。他日宰制天下,当念吾曹不得已而为耳。愿早自结纳。"以金帛赠之,齐贤不让,遂重负而返。

韩　魏 公不罪碎盏烧须人

韩魏公在大名日,有人送玉盏二只,云:"耕者入坏冢而得,表里无纤瑕,世宝也。"公以百金答之,尤为宝玩。每开宴召客,特设一桌,以锦衣置玉盏其上。

一日召漕使,且将用之酌劝。俄为一吏误触倒,盏俱碎,坐客皆愕然,吏且伏地待罪。公神色不动,谓坐客曰:"凡物之成毁,有时数存焉。"顾吏曰:"汝误也,非故也,何罪之有?"客皆叹服公之宽厚。

公帅定武时,尝夜作书,令一兵持烛于旁。兵他顾,烛燃公须,公遽以袖拂之,而作书如故。少顷闲视,则已易其人矣。公恐吏笞之,亟呼视之曰:"勿较,渠已解持烛矣。"军中咸服其度量。

张　文 定用大桶载公食物

张仆射齐贤,体质魁伟,饮食过人,尤嗜肥猪肉,每食,数斤立尽。天寿院风药黑神丸,常人服之,不过一弹丸耳,公常以十余丸为大剂,夹以胡饼食之。

淳化中,罢相知安州陆山郡,达官见公饮啖不类常人,举郡骇讶。一日,达官宴公,厨吏置一金漆大桶,窥公所食,如其物投桶中。至暮,酒浆浸渍,涨溢满桶。

时　邦　美 乃父生子阴德报

时邦美,阳武人也。父为郑州衙校,补军将,吏部差押纲至成都,时父年已六十四岁,母亦四十余,而未有子。母谓父曰:"我有白金百星,可携至蜀,求一妾以归,庶有子以续后。"父如其言。

既到蜀输纳讫,召一侩,谕以所求。侩俄携一女至,甚端丽,询其家世,漠然不对。侩去,女子栉头,父见以布总发,怪问之。女悲泣不已,曰:"妾乃京都人,父为雅州掾,卒于官。母子扶丧柩至此,无资,故鬻妾以办装。"父恻然怜之,遂以金并女子见其母曰:"某不愿得此女,请以百星金助行。"掾妻号泣拜谢。父又为干行计,明日遂发道中,亲护其丧,事掾妻如部曲。到都城,为侩居殡殡毕,然后归阳武。

妻问置妾之状,具以实告。未几有娠。一夕,梦有一人被金紫者,又数人被褐,径入堂后,衣金紫者留中堂。及旦,邦美生,堂后一犬生九子,故邦美小名十狗。后举进士第一,官至吏部尚书,乃父之阴德明验也。

崔　先　生葬地遗识天子至

玄宗猎于温泉之野,鹘飞兔走,御骑骏决,疾驰约二十里,左右多不能从,独白云先生张约趋行。帝缓辔过小山,见新坟在其上,先生顾视久之。帝曰:"如何?"先生曰:"葬失其地。"曰:"何以言之?"先生曰:"安龙头,枕龙角,不三年,自消铄。"俄有樵者至,帝因问:"何人葬此?"樵曰:"山下崔巽葬地。"乃令引至巽家。巽子尚衣斩衰,不知帝也,乃延入坐。帝曰:"山上新坟何人也?"尚曰:"父亡,遗言葬此。"帝曰:"汝父误葬,此非吉地。汝父遗言何说?"尚曰:"父存日有言曰'安龙头,枕龙耳,不三年,万乘至。'"帝惊顾嗟叹称美。先生曰:"臣学术未精,且还旧山。"帝复召崔巽子,免终身差役。

　　议曰：地理古无有也，及后世用之，山水向背，其吉凶亦从而生矣。如龙耳龙角，相去非远，由所见之说，祸福千里矣。今人若用庸人迁葬，得不误之乎？

青琐高议后集卷之三

小　莲　记小莲狐精迷郎中

李郎中，忘其姓名，京师人。家豪，屡典郡。公为人瑰伟，厚自奉养。嘉祐中售一女奴，名曰小莲，年方十三，教以丝竹则不能，授女工则不敏。数日，公欲复归之老姬，女奴泣告曰："傥蒙庇育，后必图报。"公亦异其言，久而稍稍能歌舞，颜色日益美艳。公欲室之，则趋避。异时诱以私语，则敛容正色，毅然不可犯。公意欲亟得，乃醉以酒，一夕乱之。明日谢曰："妾菲薄，安敢自惜，顾不足接君之盛。"乃再拜，自兹公大惑之。公妻孙氏贤，亦不禁公。

一夕月晦，侍公寝，中夜不见。公惊，秉烛求之，庖厨井厕俱不见。公意其与人私，颇愤。至晓方至，怒甚，欲加棰，且询所往。小莲曰："愿少选，当露底隐于公。"公引于静室，诘之，曰："今日不幸见拙于长者，不敢隐讳，则手足俱见。妾非人也，非鬼也，容尽陈委曲。妾自愧，固当引去，公若怜照，不加深究，则永得依附，以报厚意。"公曰："他皆可恕，汝何往而不我报也？"泣曰："妾非敢远去，惟每至晦夕，例参界吏，设或不至，坐贻伊戚，亦若民间之农籍，自有定分也。"公终疑焉。

又至月晦，公开宴，以醇酒醉之，小莲熟寐，高烛四列，公自守之。将晓，攫然而兴曰："公私我厚，使我不得去，我因公被罪矣。"而次夕中夜复失之，及晓乃归。公询之，小莲袒衣视公，青痕满背，公谢焉。自兹月晦则失之，公无怪焉。

公一日病，小莲曰："公无求医，公好食辛辣，膈有痰，但煎犀角、人参、腻粉、白矾服之，自愈。"果然。家人有疾，从其说皆验。亦时言人休咎，无不验，公尤爱信之。或言公之亲族，其人某日死矣，若合符契。一日，语公云："某日授命当守某州。"皆合其言。

公将行，小莲泣告：“某有所属，不能侍从，怀德恋爱，但自感恨。君不遗旧，时复念之。”公坚欲同行，小莲曰：“某向一夕不往，已遭重责。去经岁月，罪不容诛。”公知不可强。公行有日，小莲送公，执手言曰：“公妻到官一岁当化去，公与都漕交竞，公亦失意归，妾当复见公，宜谨秘之勿泄。”

公到官，经岁妻死，会都运到，都运责公留住钱谷，艰阻公事，公力辩不听，乃去公焉。公中道罢郡，妻丧，意尤怏怏，乃入都，不以仕宦为意。闲居阖户，终日兀坐，适闻叩户声，及出，乃小莲也。公喜，延之坐。公感泣云：“别后一如汝言。”置酒命小莲舞，终日极欢。是夜小莲宿公处，逾月乃去。小莲且泣且拜：“妾有私恳浼长者，愿以此身托死。”公曰：“何遽出此言？”小莲曰：“妾实非人，乃城上之狐也。前世尝为人次室，构语百端，谗其冢妇，浸润既久，良人听焉。自兹妾独蒙宠爱，冢妇忧愤乃死，诉于阴官，妾受此罚。岁月满，得复故形，业报所招，例当死鹰犬。苟或身落鼎俎，膏人口腹，又成留滞，未得往生。公可某日出都门，遇猎狐者，公多以钱与之，云：‘欲得猎狐造药。’死狐耳间有花毫而紫，长数寸者，乃妾也。公能以北纸为衣，木皮为棺，葬我高壤，始终之赐多矣。”再拜又泣。因出黄金一两：“聊备一葬，无以异类而无情。”公皆许诺。公留之宿，小莲云：“丑迹已彰，公当恶之。”公坚留乃宿。翌日拜辞曰：“阴限有期，往生有日，无容款曲，幸公不忘平日之意。”大恸而去。

公如期出镇，北行数里，果有荷数狐者，择耳中有紫毫者售之以归，择日葬之。公亲为祭文，如法葬于都城坊店之南，迄今人呼为狐墓焉。

神　助　记刘杨讨贼得神助

庆历年，湖南郴、衡、桂阳间，蛮獠为恶，侵掠吾民，时杀官军。朝廷敕刘相忱镇长沙，又召提刑杨畋，二公合谋，经制一方。二公乃躬祷南岳，愿赐阴助。一日湘潭县民吏见大军旌旗、金革蔽满山谷，民疑为官军焉。而兵渡江，步于水上，俱不濡足，民方知神鬼。中有人呼曰:"吾皆岳兵,效用山前,不日破贼,尔等各宜犒军。"于是民大以冥钱酹酒祭焉,久乃不见。后连破数洞,覆其巢穴,系其丑类,请于朝廷。迄今余獠畏服,乃二公经制之力,亦有神助者焉。

广 利 王 记广利王助国杀贼

熙宁八年,广西五溪蛮獠相结交趾,大侵边幅,擅杀守令,连陷数州,被害者众。朝廷选命将帅,数道而进,意在破五溪之巢穴于交州之种落,系其主以归献祖庙。一日,海边有战舰数十艘舣岸下,旌旗晖映,铙歌震川。海民曰:"不闻官兵之来,何遽有此?"乃相与问云:"君等官军乎?"对曰:"非也。吾乃广利王之兵,为朝廷先驱三日,当杀彼贼。"少顷,艘离岸,入于烟波,乃无所见。洎大军临海,尽歼丑类之先锋,压当梁之仆木,交趾匍匐请命焉。

岳 灵 记真宗东封祀泰岳

真庙大驾东封,万官随仗,仰登封告成之美功,陈金泥玉检之盛事;发明万古之光华,敷绎无前之伟绩。驾将至泰岳,去岳四十里,有冠剑人约长丈余,伏于道左,趋谒甚恭。帝知岳灵,顾左右莫有见者。帝功成礼毕,又赐岳之徽号焉。加封天齐仁圣帝夫至诚之动天地、感鬼神也如此。

姚 娘 记陈公遣人祭姚娘

大丞相文惠陈公,向授湖州道通判税漕。权惠州刺史,率湖州之秀民许申偕行。中道舣舟古岸,江风颇净,新月初出水面,舟人方去未久。俄有介胄百辈,乘骑数人,指呼甚明云:"今丞相、漕使宿此,其或疏虞,毫厘不赦。"公与申指对惊喜,固不知孰相也,孰漕也。明日行,询其地只有姚娘庙存焉。公自东复还朝,亲为文祭之。后公果居钧轴,申亦作本路漕,皆如向所言。公尝自京遣人就其地祭享,以神其事。

巨　鱼　记杀死巨鱼非佳瑞

嘉祐年，余侍亲通州狱吏，秋八月十七日，天气忽昏晦，海风泯泯至，而雨随之。是夜潮声如万鼓，势若雷动，潮逾中堰，卒闻阴风海水中，若有数千人哭泣声。及晓，有巨鱼卧堰下，长百余丈，望之隆隆然如横堤。困卧沙中，喘喘待死，时复横转，遂成泥沼，然或有气，沙雨交飞。后三日乃死，额有朱书尚存焉。此地人莫有识此鱼者，身肉数万斤，皆不可食，但作油可照夜。次年通人大疫，十没四五。巨鱼死，亦非佳瑞也。

异　鱼　记龙女以珠报蒋庆

嘉祐岁中，广州渔者夜网得一鱼，重百斤，舟载以归。洎晓视之，人面龟身，腹有数十足，颈下有两手如人手。其背似鳖，细视项有短发甚密，脑后又有一目，胸腹五色，皆绀碧可爱。众渔环视，莫能知其名。询诸渔人，亦无识者。众谓杀之不祥，渔人以複荷而归，求人辨之。置于庭下，以败席覆之。夜切切有声，渔者起，寻其声而听之。其声出于败席之下，其音虽细，而分明可辨，乃鱼也。渔者蹑足附耳听之，云："因争闲事离天界，却被渔人网取归。"渔者不觉失声，则鱼不复言。渔者以为怪，欲弃之，且倡言于人。

有市将蒋庆知而求之于渔者，得之，以巨竹器荷归，复致于轩楹间，以物覆之。中夜则潜足往听之，鱼言云："不合漏泄闲言语，今又移来别一家。"至晓不复言。明日，庆他出，妻子环而观之，鱼或言曰："渴杀我也。"观者回走，急求庆而语之，庆曰："我载之以巨盆，汲井水以沃之。"及暮，鱼又言曰："此非吾所食。"庆询渔者，鱼出于海，海水至咸，庆遣仆取海水养之。是夜庆与妻又听之，鱼曰："放我者生，留我者死。"妻谓庆曰："亟放出，无招祸也。"庆曰："我不比人，安惧?"竟不放。

更后两日，庆乘醉执刀临鱼而祝曰："汝能言，乃鱼之灵者。汝今明言告我，我当放汝归海。汝若默默，则吾以刀屠汝矣。"鱼即言曰："我龙之幼妻也，因与龙竞闲事，我忿然离所居至近岸，不意入于渔网中。汝若杀我，无益。放我，当有厚报。"庆即以小舟载入海，深水而放之。

后半年，庆游于市，有执美珠货者，庆爱之，问其价，货者曰："五百缗。"庆以为廉，乃酬之半。货者许诺曰："我识君，君且持珠归，吾明日就君之第取其直。"乃去，后竟不来。庆归，私念："此珠可直数千金，吾既得甚廉，又不来取直，何也？"异日复见货珠人，庆谓来取价，其人曰："龙之幼妻使我以珠报君不杀之恩也。"其人乃远去。

此事人多传闻者，余见庆子，得其实而书之也。

化　猿　记曹尚父杀猿获报

天圣年间，桂阳蓝山县民曹尚，父年七十八岁，一日出不归。尚门外皆高山深林，溪洞岩壑，莫知其数。尚扪石蹄山，攀烟萝，数日寻访不见。

尚子一日入山樵采，一老猿饮于涧，子以石击之。猿遽升高作人言曰："尔乃吾孙也，而敢击吾！"子识其声，乃祖也。孙拜曰："父寻访祖父久矣，何故至此也？"祖泣曰："吾心甚丑，但为异物，不欲见家人辈耳。为吾语尚，他日复相见于此。"尚如期而往见父，尚不胜其悲。猿曰："吾今生无负于世，前生尝杀一猿，今乃其报。汝复时来，吾欲知家人安否也。"

后三年，猿不复见。蓝山尉李执柔亲就尚家询得其实。

杀　鸡　报马吉杀鸡风疾报

庆历年，都下马吉以杀鸡为业。每杀一鸡，得佣钱十文，日有数百钱，前后所杀，莫知纪极。凡杀鸡，以拳殴之，则反首向背，摇动移时乃死。吉或患风疾，其头亦反向于背，动摇如鸡之将死。吉乃用绳结口衔之，以两手尽力制之，或绳误脱，则首反于背，人为之拯乃可。后乞食道途，岁余方死。

猫　报　<small>记杀猫生子无手足</small>

治平三年，咸平朱沛家粗丰足，好养鹁鸽，编竹为室，数动逾百。一日，为猫捕食其鸽，沛乃断猫之四足，猫转堂室之间，数日乃死。他日，猫又食鸽，又断其足，前后所杀十数猫。后沛妻连产二子，俱无手足，皆弃之。沛终不悟，惜哉！

程　说　<small>梦入阴府证公事</small>

程说，字潜道，潭州长邑人。家甚贫，说为工以日给其家，暇则就学舍授业。士君子闻之，颇哀其志。好义者与之米帛，以助其困，说益得以为学。庆历间魁荐于潭，次举及登第，授郴州狱官。替日赴调中铨，泊家于隋河之南小巷中。

一夕卧病，冥冥然都不省悟，但心头微热，气出入绵绵若毫发之细。凡三日，起而长吁，家人环之，泣而问曰：“子何若而如此也？”说遽询家人曰：“视吾箧中，前知州王虞部柬曾在乎？”求于筒中，已失之矣。说曰：“甚哉阴吏之门，而使人可畏也。吾病，见一青衣吏，手执书曰：‘府君召子。’出木门，行至五七十里，天色凝阴，昏风飒飒，四顾不闻鸡犬。又百里，至一河，说极困，息于古木下，仰视其木，但枯枝而已。二吏亦环坐，说曰：‘此木高百尺，约大六十围，其势甚壮，绝无枝干翠叶，其故何也？’一吏曰：‘罪人多休于其下，为业火熏灼，故其叶殒堕。’说方悟身死，泣涕谓吏曰：‘说守官以清素，决狱畏慎，无欺于心，自知甚明，何罪而死也？吾家世甚贫，薄寄都下，此身客死，家无所依。’乃恸哭。一吏曰：‘吾亦长沙人，今为走吏，甚不乐。子与吾同里，有胡押院亦吾乡人，引子见之，求之，当得休庇也。’乃行，引过一水，有府庭，入门两廊皆高屋。一吏引说立于庑下，曰：‘子且于此少待，吾为子召胡君。’久方至，乃衡州蔡陵胡茂也，与说有旧，相见极喜。胡曰：'子必有重罪，此二吏乃地狱鞠事司吏也。'说恐惧。胡曰：'子行矣，吾为子见本行吏。'复为说曰：'地狱罪恶不容私饰，见王便直陈其事，慎勿隐讳。'"

"俄入大门，一人坐大殿上，吏曰：'此王也。'说俯砌下。王曰：'汝权知郴县日，杀牛五十只，牛本施力养人者，无罪杀之，汝当复其命，仍生异道。'说曰：'非说杀也，乃知州王真征蛮，要犒军也。'王曰：'有何证也？'说曰：'真有亲书手柬在说处。'王曰：'其柬曾将来乎？'说曰：'在说书笥中。'王命一吏取来，少选即至。王执其吏，急令召王真来。俄王虞部至庭，王以柬掷砌下，谓真曰：'此岂君手迹也？'真曰：'此诚某所书柬，但真受命山下战蛮日，兵官胡礼宾令真取牛，两人共议，然后犒军。'王命引去，谓说曰：'召子证事，子寿未终，可速回。'"

"说出门外，见茂且叙久别之意。茂曰：'吾在此亦薄有权。'说祷茂曰：'我今幸得更生，常闻地狱，遣我一观之乎？'茂曰：'不惜令子见，但恐无益于子。'说坚欲往，茂乃呼一吏，作符付吏曰：'当速回。'嘱说曰：'无舍吏，若一失，子陷大狱不可出。'"

"说与吏至一处高垣，垣上荆棘自生，若锋刃狞密，虽蛇虺不可过。有一门不甚高，极壮厚，吏乃扣门，自内应曰：'有罪人乎？'吏曰：'吾有押院符。'门乃开，有一赤发短臂鬼，胸前后铁甲。吏急叱曰：'胡押院亲戚，欲暂见地狱，可急去，恐见汝惊惧也。'鬼隐去。吏与说乃入狱。左右皆大屋，下有数千百床，床下有微火，或灭或燃，床上或卧或坐，呻吟号呼，形色焦黑，苍然不可辨男子妇人。说迤逦行看，吏促其出。又至一处，吏曰：'乃锯狱。'大屋之前，人莫知其数，皆体贯刃，有蛇千百条周旋于罪人间。或以尾或以口衔其刃，刃动则人号呼，所不忍闻。吏人又促之出，吏曰：'此乃汤火狱，人不可近。'说望之，烈焰时时出于上，俯听若数万人求救声。说觉心臆微痛，吏引说出狱，俄口鼻出血。又行过一瓦砾堆积之所，有一人手出于上。说曰：'何人也？'吏曰：'此秦将白起也，受罪于此。'说谓吏曰：'白起死已千余年矣，尚在此乎？'吏曰：'昔起杀降人四十万，祸莫大焉。此瓦砾乃人骨也，为风雨劫火消磨至此。更千年，瓦砾复归于本，起方出平地上。又千年,起方入异类中。'"

"吏曰:'子急归,无累我。'吏乃同说归。不久,路上见殿阁,说曰:'此是何宫宅?'吏曰:'相国寺也。'说方悟,吏或敛容鞠躬俯首而行,说曰:'何故如此?'吏回指寺曰:'此中有圣像故也。'同吏升寺桥,沿汴水南岸东去,行方数步,以手推说堕汴水,说乃觉。"

说终于蕲州黄冈令,今其子存焉。

　　议曰:程说与余先子尝同官守,都下寓居,又与比邻,故得其详也。观阴司决遣,甚实甚明,起之杀赵降人,诚可寒心,阴报果如此,安可为不善耶?

青琐高议后集卷之四

李　云　娘解普杀妓获恶报

庆历元年，李云娘，都下之娼姬也，家住隋河大堤曲，粗有金帛，与解普有故旧。是时普待阙中铨，寓京经岁，囊无寸金，多就云娘假贷以供用。普绐云娘曰："吾赴官，娶汝归。"由是云娘罄箧所有，以助普焉。

普阴念家自有妻，与云娘非久远计也。一日，召云娘并其母极饮市肆中。夜沿汴岸归，云娘大醉，普乃推云娘堕汴水中，诈惊呼，号泣不已。明以善言诱其母，适会普家书至，附五十缯，又以钱十缯遗云娘母。不日，普授秀州青龙尉，乃挈家之官。

一日，普同家人闲坐，有人揭帘而入者，普熟视，乃云娘也。责普曰："我罄囊助子，子不为恩，复以私计害我性命，子之不仁可知也。我已得报生矣。"普叱曰："是何妖鬼，敢至此嗫嚅也！"引剑击之，俄而不见，冷风触人面甚急，举家大惊。

后数日，报有劫盗，普乘舟警捕。行半日，普或唾水曰："汝又来也！"有一手出水中，挽普入水，举舟皆见。公吏沉水拯之，不获。翌日方得尸，普面与身皆有伤处。

议曰：逋人之财，犹曰不可，况阴贼其命乎？观云娘之报解普，明白如此，有情者所宜深戒焉。

羊　童　记家童见身报冤贼

封丘县东富村吴德家小儿牧羊于野，一日为人杀，夺其衣，莫得其人。

家为童作斋七，忽有小童坐于灵席上，食其所享祭物。家人惊问其故，儿曰："汝家之童，常时与我戏于野。童曰：'我家人今日有聚会，共汝同去。'我与之同来，方食，外有哭声而入者，童指曰：'彼杀我也，吾怕之，不欲见。'乃去。"询其所指者，乃童之姨婿也。由是吴德讼于官，求其人杀之赃验明白，遂伏罪焉。

陈　叔　文 <small>叔文推兰英堕水</small>

陈叔文，京师人也。专经登第，调选铨衡，授常州宜兴簿。家至窘窭，无数日之用，不能之官。然叔文丰骨秀美，但多郁结，时在娼妓崔兰英家闲坐。叔文言及已有所授，家贫未能之官。兰英谓叔文曰："我虽与子无故，我于囊中可余千缗，久欲适人，子若无妻，即我将嫁子也。"叔文曰："吾未娶，若然，则美事。"一约即定。叔文归欺其妻曰："贫无道途费，势不可共往，吾且一身赴官，时以俸钱赒尔。"妻诺其说。叔文与兰英泛汴东下，叔文与英颇相得，叔文时以物遗妻。

后三年替回，舟溯汴而进。叔文私念：英囊箧不下千缗，而有德于我，然不知我有妻，妻不知有彼，两不相知，归而相见，不惟不可，当起狱讼。叔文日夜思计，以图其便，思惟无方，若不杀之，乃为后患。遂与英痛饮大醉，一更后，推英于水，便并女奴推堕焉。叔文号泣曰："吾妻误堕汴水，女奴救之并堕水。"以时昏黑，汴水如箭，舟人沿岸救捞，莫之见也。

叔文至京与妻相聚，共同商议。叔文曰："家本甚贫，箧笥间幸有二三千缗，不往之仕路矣。"乃为库以解物，经岁，家事尤丰足。遇冬至，叔文与妻往宫观，至相国寺，稠人中有两女人随其后。叔文回头看，切似英与女奴焉。俄而女上前招叔文，叔文托他故，遣其妻子先行。叔文与英并坐廊砌下，叔文曰："汝无恙乎？"英曰："向时中子计，我二人堕水，相抱浮沉一二里，得木碴不得下，号呼捞救得活。"叔文愧赧泣下曰："汝甚醉，立于船上，自失脚入于水，此婢救汝，从而堕焉。"英曰："昔日之事，不必再言，令人至恨。但我活即不怨君。我居此已久，在鱼巷城下住，君明日当急来访我。不来，我将讼子于官，必有大狱，令子为齑粉。"叔文诈诺，各散去。

叔文归,忧惧,巷口有王震臣聚小童为学,叔文具道其事,求计于震臣。震臣曰:"子若不往,且有争讼,于子身非利也。"叔文乃市羊果壶酒,又恐家人辈知其详,乃徼别巷小童携往焉。至城下,则女奴已立门迎之。叔文入,至暮不出。荷担者立门外,不闻耗,人询之云:"子何久在此,昏晚不去也?"荷担人云:"吾为人所使,其人在此宅,尚未出门,故候之。"居之曰:"此乃空屋耳。"因执烛共入,有杯盘在地,叔文仰面,两手自束于背上,形若今之伏法死者。申之官司,呼其妻识其尸,然无他损,乃命归葬焉。

议曰:兹事都人共闻,冤施于人,不为法诛,则为鬼诛,其理彰彰然异矣。

卜　起　传从弟害起谋其妻

卜起,东都人也。庇身于百司,以年劳补计仕路,中铨,注授瑞州高安尉。起哀其从弟德成无所归,邀以同行,游吉与虔,出大庾岭,经韶,下溯江。

德成慕起妻白氏既美艾,日夕思念,无计得之。德成私意谓:舟浮江中,可以害起。一夕晚,德成与起共立舟上闲话,德成伺其不意,推起堕江,德成诈惊呼救之。至明日,方得起尸。德成谓白氏曰:"无举哀。今身落万里之外,兄又溺死,方乏用度,别无人知,我承兄之名到官,且利其俸禄,终此一任,可以归耳。"白氏大哭,德成引剑示之曰:"子若不从,当为刃下鬼。"白氏默默自恨,但暗中挥涕。德成乃室白氏,白氏不敢拒,思欲报德成,无以为计。

是时起之子方七岁,德成爱之如己子。不久官满,欲挈白氏入京,乃泊家于岭上。德成又授楚州山阳簿,方往岭外挈白氏,德成谓白氏不念旧事,乃教其子为庠学生,任秩复寓家于楚。

德成入京,去甚久,一日,其子忽问其父,白氏泣下曰:"且非汝父也。"子惊曰:"何以言之?"白氏云:"今德成乃汝之仇焉,杀汝父者也。汝父起官岭外,下湍江,为德成推堕溺死矣,诈代汝父之官,今七八年矣,我痛贯肝膈。我常欲报之,私念妇人之谋,易为泄露,无所成就,即汝父之仇，终身无报焉。今子已十五岁，可成大事，汝能报之，吾死无怨。"子乃同母诣府，具陈其冤。公吏入都追德成，押而归，具伏。事成，上其事奏太宗，降旨法德成于楚州，仍与其子一官。母不先告，连坐，其子诉讼，乃获免焉。

龚　球　　记龚球夺金疾病死

龚球，京师人也。父任岭外，染瘴死，球由是久流落，漂泊南中。治平年，方归都下。球素家寒，无所依倚，乞丐以度日。一日将暮，有与球中外亲者，遇球于道，哀之，赠之十千，仍副以衣物，球乃始自给。

时元夜灯火，车骑腾沸，球闲随一青毡车走。车中有一女人，自车后下，手把青囊，其去甚速，球逐之暗所。女人告曰："我李太保家青衣也，售身之年，已过其期，彼不舍吾，又加苦焉。今夕吾伺其便走耳。若能容吾于室，愿为侍妾。"球喜，许之。与妇人携手，妇人以青囊付球，即与同行。球心思计以欺之，球乃妄指一巷："此乃市者，其中吾所居也，汝且坐巷口，吾先报家人，然后呼汝入家。"女人不知其诈。球携青囊入巷尾，出于他市，暗视青囊中物，皆金珠。球不敢货于京师，乃去于江淮间，以其物售获千缗。遂游商往来，益增羡，球乃娶妻赁奴。

一夕，泊舟楚州北神堰下，月色又明，球与家人饮于舟上。俄有小舟，附球舟而泊焉。球谓是渔者，熟视舟中乃一女人，面似曾见而不忆。妇人曰："我天之涯，地之角，下入九泉，皆不见子，子只在此也。"球思惟：于吾何求，而求吾若是？女人云："我向车上奔婢也，子挈我青囊中物去，我坐待君至晚，为市吏所收。家知，讼官府狱，公吏穷治青囊中物，我无所诉，荷械鞭棰，自朝至夕，肌肉溃坏，手足堕落，不胜其苦，竟死狱中。诉于阴府，今得与子对。"球曰："汝能舍我乎？"妇人云："吾思向狱中之苦，恨不斩子万段。"球自以言和浼，女乃忿然升舟殴球，家人惊呼，无所见。

球如醉扶卧，中夜少醒，起坐谓妻曰："人安可为不善，阴报甚明。我为一吏摄去阴府，见王坐大殿，服紫衣临案。王云：'汝何故窃妇人王氏金珠？今当伏罪。'王召吏云：'球命禄已尽，但王氏受重苦，合偿之。'王曰：'令人世偿之。'王命吏送还。"球体生恶疮，稍延及四肢，疮血污于裆褥，盛夏臭恶不可近，妻奴皆恶之。苦痛异常，日夜呼号，手足堕落乃死。

议曰：冤不可施于人，阴报如此，观者宜以为戒焉。

陈 贵 杀 牛 陈贵杀牛罚牛身

封丘谭店有陈贵，屠牛为业，前后杀牛千百万头。一日病瘦，数日后发狂，走于田野间，食苗禾，其家执之而归。自此惟食刍草，经月乃死。死前为牛吼数日，死亦有尾生焉。

后经岁，比邻张生家牛产一犊，腹下白毛隐隐，有"陈贵"二字，众人皆叹异。其妻欲以财赎归，是夜梦吏谓其妻："取此犊当鞭笞施刀之苦，汝何敢违神明而赎之也？当杀汝。"妻乃止矣。

俞　　元 俞元杀兔作鹰鸣

长记俞元，惟好臂鹰逐兔。凡得一兔，只取其腹，以饲鹰，前后三十年，所杀兔不知其数。一日，元头下有疮血污痛，已经岁，头下地，出气吻吻若鹰隼鸣，日用粥以匕深置于喉，数月方死。其果报如此，得不信乎？

青琐高议后集卷之五

隋炀帝海山记上记炀帝宫中花木

余家世好蓄古书器，故炀帝事亦详备，皆他书不载之文。乃编以成记，传诸好事者，使闻其所未闻故也。

炀帝生于仁寿二年，有红光竟天，宫中甚惊，是时牛马皆鸣。帝母先是梦龙出身中，飞高十余里，龙堕地，尾辄断，以其事奏于帝，帝沉吟不答。帝三岁，戏于文帝前，文帝抱之临轩，爱玩甚久，曰："是儿极贵，恐破吾家。"文帝自兹虽爱帝，绝无易储之意。

帝十岁，好观书，古今书传，至于药方、天文、地理、技艺、术数，无不通晓。然而性偏忍，阴默疑忌，好用钩赜人情深浅焉。时杨素有战功，方贵用，帝倾意结之。文帝得疾，内外莫有知者，时后亦不安，旬余不通两宫安否。帝坐便室，召素谋曰："君国之元老，能了吾家事者君也。"乃私执素手曰："使吾得志，吾亦终身报公。"素曰："待之，当自有计。"

素入问疾，文帝见素，起坐，谓素曰："吾常亲锋刃，冒矢石，出入生死，与子同之，方享今日之贵。吾自维不免此疾，不能临天下，汝无立他人。吾若不讳，汝立吾儿勇为帝。汝背吾言，吾去世亦杀汝。此事吾不语之，死目不合。"帝因忿懑，乃大呼左右曰："召吾儿勇来！"力气哽塞，回面向内不言。素乃出语帝曰："事未可，更待之。"有顷，左右出报素曰："帝呼不应，喉中呦呦有声。"帝拜素："愿以终身累公。"素急入，帝已崩已，乃不发。

明日，素袖遗诏立帝。时百官犹未知，素执圭谓百官曰："文帝遗诏立帝，有不从者，戮于此。"左右扶帝上殿，帝足弱欲倒者数次，不能上。素下，去左右，以手扶接帝，帝执之乃上，百官莫不嗟叹。素归，谓家人辈曰："小儿子吾已提起，交作大家，即不知了当得否。"

素恃有功,见帝多呼为郎君。侍宴内殿,宫人偶覆酒污素衣,素怒,叱左右引下殿,加挞焉。帝恶之,隐忍不发。一日,帝与素钓鱼于池,帝与素并坐,左右张伞以遮日色。帝起如厕,回见素坐赭伞下,风骨秀异,堂堂威仪,帝大疑忌。帝多欲,有所不谐,辄为素抑,由是愈有害素意。会素死,帝曰:"使素不死,当夷其九族。"素未病前,入朝,出见文帝坐车中,执金钺逐之曰:"此贼,吾欲立勇,汝竟不从吾言,今必杀汝!"素惊呼入室,召子弟二人而语之,曰:"吾必死,见文帝如何语之?"不移时,素死。

帝自素死,益无惮。乃辟地周二百里为西苑,役民力常百万。内为十六院,聚土石为山,凿为五湖四海,诏天下境内所有鸟兽草木,驿至京师。

铜台进梨十六种:

黄色梨　紫色梨　玉乳梨　脸色梨　甘棠梨　轻消梨　蜜味梨　堕水梨　圆梨　木唐梨　坐国梨　天下梨　水全梨　玉沙梨　沙味梨　火色梨

陈留进十色桃:

金色桃　油光桃　银桃　乌蜜桃　饼桃　粉红桃　胭脂桃　迎冬桃　昆仑桃　脱核锦纹桃

青州进十色枣:

三心枣　紫纹枣　圆爱枣　三寸枣　金槌枣　牙美枣　凤眼枣　酸味枣　蜜波枣　(缺)

南留进五色樱桃:

粉樱桃　蜡樱桃　紫樱桃　朱樱桃　大小木樱桃

蔡州进三种栗:

巨栗　紫栗　小栗

酸枣进十色李:

玉李　横枝李　蜜甘李　牛心李　绿纹李　半斤李　红垂李　麦熟李　紫色李　不知熟李

扬州进:

杨梅　枇杷

江南进：

　　银杏　榅子

湖南进三色梅：

　　红纹梅　弄黄梅　二圆成梅

闽中进五色荔枝：

　　绿荔枝　紫纹荔枝　赭色荔枝　丁香荔枝　浅黄荔枝

广南进八般木：

　　龙眼木　梭木　榕木　橘木　胭脂木　桂木　枨木　柑木

易州进二十相牡丹：

　　赭红　赭木　鞓红　坯红　浅红　飞来红　袁家红　起州
　　红　醉妃红　起台红　云红　天外黄　一拂黄　软条黄　冠
　　子黄　延安黄　先春红　颤风娇

天下共进花卉、草木、鸟兽、鱼虫，莫知其数，此不具载。

诏起西苑十六院：

　　景明一　迎晖二　栖鸾三　晨光四　明霞五　翠叶六　文安七
　　积珍八　影纹九　仪凤十　仁智十一　清修十二　宝林十三　和
　　明十四　绮阴十五　绛阳十六

帝自制名，每院有二十人，皆择宫中嫔丽谨厚有容色美人实之。每一
院选帝常幸御者为之首。每院有宦者主出入市易。

　　又凿五湖，每湖方四十里，南曰迎阳湖，东曰翠光湖，西曰金明
湖，北曰洁水湖，中曰广明湖。湖中积土为山，构亭殿，曲屈盘旋，广
袤数千间，华丽。

　　又凿北海，周环四十里，中有三山，效蓬莱、方丈、瀛洲，上皆台榭
回廊。水深数丈，开狭湖通五湖北海，俱通行龙凤舸，帝多泛东湖，帝
因制湖上曲《望江南》八阕：

　　　　湖上月，偏照列仙家。水浸寒光铺象簟，浪摇晴影走金蛇，
　　偏称泛灵槎。　　光景好，轻彩望中斜。青露冷侵银兔影，西风
　　吹落桂枝花，开宴思无涯。

　　　　湖上柳，烟里不胜垂。宿露洗开明媚眼，东风摇弄好腰肢，
　　烟雨更相宜。　　环曲岸，阴覆画桥低。线拂行人春晚后，絮飞

晴雪暖风时,幽意更依依。

　　湖上雪,风急堕还多。轻片有时敲竹户,素华无韵入澄波,
烟外玉相磨。　　湖水远,天地色相和。仰面莫思梁苑赋,朝尊
且听玉人歌,不醉拟如何?

　　湖上草,碧翠浪通津。修带不为歌舞绶,浓铺堪作醉人茵,
无意衬香衾。　　晴霁后,颜色一般新。游子不归生满地,佳人
远意寄青春,留咏卒难伸。

　　湖上花,天水浸灵葩。浸蓓水边匀玉粉,浓苞天外剪明霞,
只在列仙家。　　开烂熳,插鬓若相遮。水殿春寒澄冷艳,玉轩
清照暖添华,清赏思何赊。

　　湖上女,精选正宜身。轻恨昨离金殿侣,相将今是采莲人,
清唱满频频。　　轩内好,嬉戏下龙津。玉琯朱弦闻昼夜,踏青
斗草事青春,玉辇从群真。

　　湖上酒,终日助清欢。檀板轻声银线缓,醑浮香米玉蛆寒,
醉眼暗相看。　　春殿晚,仙艳奉杯盘。湖上风烟光可爱,醉乡
天地就中宽,帝主正清安。

　　湖上水,流绕禁园中。斜日暖摇清翠动,落花香缓众纹红,
蘋末起清风。　　闲纵目,鱼跃小莲东。泛泛轻遥兰棹稳,沉沉
寒影上仙宫,远意更重重。

帝常游湖上,多令宫中美人歌唱此曲。

隋炀帝海山记下记登极后事迹

　　大业六年,后苑草木鸟兽繁息茂盛,桃蹊李径,翠荫交合,金猿青
鹿,动辄成群。自大内厨开为御路,通西苑,夹道植长松高柳。帝多
幸苑中,无时,宿御多夹道而宿,帝往往中夜即幸焉。

　　一夕,帝泛舟游北海,惟宫人数十辈相随。帝升海山殿,是时月
初朦胧,晚风轻软,浮浪无声,万籁俱息。帝恍惚,俄见水上一小舟,
只容两人,帝谓十六院中美人。泊至,首一人先登赞道唱:"陈后主谒
帝。"帝亦忘其死,帝幼年于后主甚喜。乃起迎之。后主再拜,帝亦躬劳谢。

既坐，后主曰："忆昔与帝同队戏时，情爱甚于同气，今陛下富有四海，令人钦服不已。始者谓帝将致理于三王之上，今乃取当时乐以快平生，亦甚美事。闻陛下已开隋渠，引洪河之水，东至维扬，因作诗来奏。"乃探怀出诗上帝。诗曰：

> 隋室开兹水，初心谋太奢。一千里力役，百里民吁嗟。水殿不复反，龙舟兴已遐。鹢流催陡岸，触浪喷黄沙。两人迎客溯，三月柳飞花。日脚沉云外，榆梢噪暝鸦。如今投子俗，异日便无家。且乐人间景，休寻汉上槎。东喧舟舣岸，风细锦帆斜。莫言无后利，千古壮京华。

帝观书，怫然愠曰："死生，命也；兴亡，数也。尔安知吾开渠为后人之利？"帝怒叱之。后主曰："子之壮气能得几日？其始终更不若我。"帝乃起而逐之。后主走曰："且去且去，后一年吴公台下相见。"乃没于水际，帝方悟其已死。帝兀坐不自知，惊悸移时。

一日，明霞院美人杨夫人喜报帝曰："酸枣邑所进玉李，一夕忽长，阴横数亩。"帝沉默甚久曰："何故而忽茂？"夫人云："是夕院中人闻空中若有千百人，语言切切云：'李木当茂。'洎晓看之，已茂盛如此。"帝欲伐去，左右或奏曰："木德来助之应也。"又一日，晨光院周夫人来奏云："杨梅一夕忽尔繁盛。"帝喜问曰："杨梅之茂，能如玉李乎？"或曰："杨梅虽茂，终不敌玉李之盛。"帝自于两院观之，亦自见玉李至繁茂。后梅李同时结实，院妃来献，帝问："二果孰胜？"院妃曰："杨梅虽好，味清酸，终不若玉李之甘，苑中人多好玉李。"帝叹曰："恶梅好李，岂人情哉，天意乎？"后帝将崩扬州，一日院妃来报："杨梅已枯死。"帝果崩于扬州，异乎！

一日，洛水渔者获生鲤一尾，金鳞赤尾，鲜明可爱。帝问渔者之姓，曰："姓解，未有名。"帝以朱笔于鱼额书"解生"字以记之，乃放之北海中。后帝幸北海，其鲤已长丈余，浮水见帝，其鱼不没。帝时与萧后同见，此鱼之额上朱字犹存，惟"解"字无半，尚隐隐有角字焉。萧后曰："鲤有角，乃龙也。"帝曰："朕为人主，岂不知此意？"遂引弓射之，鱼乃入沉水中。

大业四年，道州贡矮民王义，眉目浓秀，应对敏给，帝尤爱之。常从帝游,终不得入宫,帝曰:"尔非宫中物。"义乃自宫。帝由是愈加怜爱,得出入帝内寝。义多卧榻下,帝游湖海回,义多宿十六院。一夕,帝中夜潜入栖鸾院,时夏气暄烦,院妃牛庆儿卧于帘下,初月照轩颇明朗,庆儿睡中惊魇,若不救者。帝使义呼庆儿,帝自扶起,久方清醒。帝曰:"汝梦中何苦乃如此?"庆儿曰:"妾梦中如常时,帝捏妾臂游十六院。至第十院,帝入坐殿上,俄而火发,妾乃奔走。回视帝坐烈焰中,妾惊呼人救帝,久方觉。"帝性自强,解曰:"梦死得生,火有威烈之势,吾居其中,得威者也。"大业十年,隋乃亡。入第十院,帝居火中,此其应也。

龙舟为杨玄感所烧,后敕扬州刺史再造,置度又华丽,仍长广于前舟。舟初来进,帝东幸维扬,后宫十六院皆随行。西苑令马守忠掌理,守忠别帝曰:"愿陛下早还都辇,臣整顿西苑以待乘舆之来。西苑风景台殿如此,陛下岂不思恋,舍之而远游也?"又泣下。帝亦怆然,谓守忠曰:"为我好看西苑,无令使后人笑吾不解装点景趣也。"左右闻此语亦疑讶。

帝御龙舟,中道,夜半闻歌者甚悲。其歌曰:

> 我兄征辽东,饿死青山下。今我挽龙舟,又困隋堤道。方今天下饥,路粮无些少。前去三十程,此身安可保。寒骨枕荒沙,幽魂泣烟草。悲损闺内妻,望断吾家老。安得义男儿,悯此无主尸。引其孤魂回,负其白骨归。

帝闻其歌,遂遣人求其歌者,至晓不得其人。帝颇徊徨,通夕不寐。扬州朝百官,天下朝贡使无一人至。有来者在路,兵夺其贡物。帝犹与群臣议,诏十三道起兵,诛不朝贡者。帝知世祚已去,意欲遂幸永嘉,群臣皆不愿从。

帝未遇害前数日,帝亦微识玄象,多夜起观天。乃召太史令袁充问曰:"天象如何?"充伏地涕泣曰:"星文大恶,贼星逼帝坐甚急,恐祸起旦夕,愿陛下遽修德灭之。"帝不乐,乃起。便殿抱膝,俯首不语。乃顾王义曰:"汝知天下将乱乎? 汝何故省言而不告吾也?"义泣对曰:"臣远方废民,得蒙上贵幸,自入深宫,久膺圣泽,又常自宫,以近陛下。天下大乱,固非今日,履霜坚冰,其来久矣。臣料大祸,事在不救。"帝曰："子何不早教我也。"义曰："臣不早言,言即臣死矣。"帝乃泣下曰："卿为我陈成败之理,朕贵知也。"翌日,义上书云：

　　臣本出南楚卑薄之地,逢圣明为治之时,不爱此身,愿从入贡。臣本侏儒,性无蒙滞。出入金马,积有岁华,浓被圣私,皆逾素望。侍从乘舆,周旋台阁。臣虽至鄙,酷好穷经,颇知善恶之本源,少识兴亡之所自。还往民间,颇知利害,深蒙顾问,方敢敷陈。自陛下嗣守元符,体临大器,圣神独断,谏诤莫从,独发睿谋,不容人献。大兴西苑,两至辽东,龙舟逾于万艘,宫阙遍于天下。兵甲常役百万,士民穷乎山谷。征辽者百不存十,没葬者十未有一。帑藏全虚,谷粟踊贵。乘舆还往,行幸无时。兵士时从常逾数万,遂令四方失望,天下为墟。方今百姓存者无几,子弟死于兵役,老弱困于蓬蒿。兵尸如岳,饿殍盈郊。狗彘厌人之肉,乌鸢食人之余,臭闻千里,骨积如山。膏涂野草,狐鼠特肥。阴风无人之墟,鬼哭寒草之下。目断平野,千里无烟。残民削落,莫保朝昏。父遗幼子,妻号故夫,孤苦何多,饥荒尤甚。乱离方始,生死孰知? 人主爱人,一何如此? 陛下情性毅然,孰敢上谏? 或有鲠言,随令赐死。臣下相顾,缄口自全。龙逢复生,安敢议奏? 高位近臣,阿谀顺旨,迎合帝意,造作拒谏,皆出此途,乃逢富贵。陛下过恶,从何得闻? 方今又败辽师,再幸东土,社稷危于春雪,干戈遍于四方,生民方入涂炭,官吏犹未敢言。陛下自惟,若何为计? 陛下欲幸永嘉,坐延岁月,神武威严,一何消烁? 陛下欲兴师,则兵吏不顺;欲行幸,则侍卫莫从。帝当此时,如何自处? 陛下虽欲发愤修德,特加爱民,圣慈虽切救时,天下不可复得。大势已去,时不再来。巨厦将倾,一木不能支;洪河已决,掬壤不能救。臣本远人,不知忌讳。事忽至此,安敢不言。臣今不死,后必死兵,敢献此书,延颈待尽。

帝方省义奏,曰："自古安有不亡之国,不死之主乎?"义曰："陛下尚犹蔽饰己过。陛下平日常言:吾当跨三皇,超五帝,下视商周,使万世不可及。今日其势如何? 能自复回都辇乎?"帝乃泣下,再三加叹。义曰："臣昔不言,诚爱生也。今既具奏,愿以死谢之。天下方乱,陛下自爱。”少选报云：“义自刿矣。”帝不胜悲伤，特命厚葬焉。

不数日，帝遇害。时中夜，闻外切切有声，帝急起，衣冠御内殿。坐未久，左右伏兵俱起。司马戕携刃伺帝，帝叱之曰："吾终年重禄养汝，吾无负汝，汝何负我？"帝常所幸朱贵儿在帝旁，谓戕曰："三日前，帝虑侍卫薄衣小寒，有诏：宫人悉絮袍袴。帝自临视之，数千袍两日毕工。前日赐公第，岂不知也，尔等何敢逼胁乘舆！"乃大骂戕。戕曰："臣实负陛下，但见今两京已为贼据，陛下归亦无路，臣死亦无门，臣已萌逆节，虽欲复已，不可得也。愿得陛下首，以谢天下。"乃携剑上殿。帝复叱曰："汝岂不知诸侯之血入地尚大旱，况人主乎？"戕进帛，帝入内阁自绝。贵儿犹大骂不息，为乱兵所杀。

青琐高议后集卷之六

刘　　辉 默祷白氏乞聪明

刘辉，信州人。祖父世力稼穑，家贫。辉好游学，寓于江州之东林佛舍中，有白公乐天影堂存焉。辉常以薰果荐于堂，默祷之：傥得才性类公十之一二，即荷神赐。

一日，辉出寺院，行于溪旁，俄有叟坐石上，颜貌温粹，宛若士人。辉知非田翁，就与之语，议论精通，无所不至。辉但唯诺柔顺而已。既久，辉曰："叟真有道者也，何故寓此？"叟笑曰："吾即白居易，蒙子厚意，愧无以报子之所请，将有说焉。夫才者系乎性之所赋厚薄，兹所谓青出于蓝而青于蓝，冰生于水而寒于水者也。若记问，可以积累而至焉。如人一能之己百之，人十能之己千之之类是也。人之才乃天相禀，不能勉强。若其闻见之博，落笔无凝滞若宿构，系乎人出入生死间，得为人世数多也。吾生唐德、顺朝，已二十一世为人矣。其所闻所见，莫非稔熟乎耳目，故命思为文，蹈厉风发，莫不出入九经百氏。蕴其远者为事业，发其清者为歌诗，刌割风月，搜穷造化，耳目若素得之也。今子为人方六世，固未甚出乎人也。然子亦有禄，科名极巍峨。"辉乃再拜曰："禄已知矣，寿数修短，可得闻乎？"叟曰："此阴吏自有籍主之，吾不知也。"叟乃去，入于竹圃不见。后辉果为殿元。

范　　敏 夜行遇鬼李氏女、田将军

范敏，齐人也。博通经史，尝预州荐至省，失意还旧居，久不以进取为意。

一日，有故入郓，时大暑，敏但见星月而行，未数里，浮云蔽月，不甚明朗。忽一禽触马首，敏急下马，捕而获之。其大若鹑雀，且不识其名，乃置于仆怀中。敏跨马而行，则昏然失道路，乃信马行。望数里有烟火若居人，鞭马速行约三十里，望之其火愈远。敏倦，仆人亦不能行，乃纵马啮草，仆亦倚木而休，敏抗鞍而卧。不久，天将晓，四顾无人，荆刺纵横。见樵者，敏求路焉。樵者云："吾居处不远，子暂休止馆宇，早膳却去。"敏忻然从之。不数里即至，虽田舍家，亦颇清洁。

敏至，樵者曰："吾樵于野，子且盘桓。"俄有青衣设席，布馔数种。时有一妇人望于户罅间，貌极妖冶。食已，又啜茶。茶已，又陈酒罂。数杯后，敏云："失道之人，偶至于此，主礼优厚，何以报答？"妇人自内言曰："上客至，田野疏澹，不能尽主人意。知君好笛，我为子横笛，劝君一杯。"敏极喜。闻笛音清脆雄壮，敏甚爱，但不晓是何曲。敏曰："终日烦浼足矣，又以笛侑酒，鄙薄何敢克当？如何略一拜见，致谢而后去，即某心无不足也。"妇人云："敢不从命？但居田野，蓬首垢面，久不修饰，候匀面易衣而出。"敏闻，即冠带修谨待之。妇人出，敏拜，少叙间，颇有去就。妇人高髻浓鬓，杏脸柳眉，目剪秋水，唇夺夏樱。敏三十岁未尝见如是美色，复命进酒。

敏曰："夫人必仕宦家也，愿闻其详。"妇人曰："妾欲遽言，虑惊贵客；知子有志义，言固无害。昨夜特遣锦衣儿奉迎，误触君马，有辱见捕。妾乃唐庄宗之内乐笛部首也。"敏方知此必鬼也，敏安定神识，端雅待之。敏云："夫人适吹者何曲也？"妇人云："此庄宗自制曲也，名《清秋月》。帝多爱，遇夜有月，必自横笛数曲。秋气清，月更明，方动笛，其韵倍高，与秋月相感也，故为曲名。今夜乃六月十四日，有月，留君宿此，妾当吹数曲以娱雅意。"敏曰："庄宗英武善用兵，隔河对垒，二十年马不解鞍，人不脱甲，介胄生虮虱，大小数十百战，方有天下。得之艰难，可知之也。一旦纵心歌舞，箫鼓间作，不忆前，忘后患，何也？"妇人曰："妾在宫中六年，备见始末。帝长八尺，面色类紫玉，声如巨钟，行步若龙虎。自言：'一日不闻乐，则饮食不美，忽忽若堕诸渊者。'或辄暴怒，鞭棰左右。惟闻乐声，怡然自适，万事都忘焉。昼夜赏赐乐人，不知纪极。妾民间有寡嫂，时进宫来见妾，具言官库皆空，人民饥冻，妻子分散。妾乘暇常具言如此，帝默然都不答。

后河北背反，帝大惧，令开府库赏军，库吏奏：帛不及三千匹，他物及宝亦不及万。乃敛取富民后宫所有，以至宫中装囊物，皆用赏赐兵马。其得匹帛，或弃之道路曰：'今天下徨徨，妻子离散，安用此也？'帝知士卒离心，勉强置酒，令姜吹笛。笛音呜咽不快，帝掷杯掩面泣下。翌日，帝出，兵乱。帝引弓抗贼，郭从谦蔽后，射中帝腰腹。帝拔矢入后宫，殿门随关。帝急求水饮，嫔谓上腹有箭血，不可饮水。乃取酒进。帝饮酒，复呕出。帝怒曰：'吾悔不与李源同行。'大恸。有顷，帝崩。兵大乱，入后宫，姜为一武人挈至此。今思旧事，令人感恸。"泣数行下。是夕，敏宿于帐，闺帏之间，极尽人间之乐。

明日敏告行，妇人曰："妾不幸为凶人以兵刃所胁，今为之侧室。"敏曰："良人何人也？"曰："齐王之犹子田权也，尝弑其叔，后为韩信兵杀之。伊今往阴府受罪，弑叔之故也。"敏曰："田王迄今千余年，权尚未得受生，何也？"曰："阴府之罪重莫过于杀人，权又杀其叔。其叔已往生人间二十余世矣，其案尚在。田叔死，又摄去受苦。始则一年，今受苦之日差少，日月有减焉。"敏连绵住十余日。

一日，有青衣走报曰："将军至矣。"妇人忽趋入室。有介胄者貌峻神耸，执戈而来，言曰："安得有世间人气乎？"猛见敏，以戈刺敏。敏执其戈，两相角力。妇人自内呼曰："房国公如何不来救，万一不虞，亦累及邻舍也。"俄有一人衣冠甚伟，趋来夺介胄者戟折之，推其人仆地，骂曰："魍魉幽囚于此千余年，犹不知过，尚敢辱人乎？你自家里人引诱他方人至此，不然，彼何缘而来也？此尔不教诲家人之罪也。"将军曰："我今夜势不两立，须杀李氏。"妇人大呼曰："好待共你入地狱对会，你杀叔案底尚在，今又胁我为妇。我乃帝王家宫人，得甚罪？"将军乃止。敏欲去，臣翁呼敏曰："且坐，且坐，必不至害君。"翁谓将军曰："客乃衣冠之士，今又晚，教他何处去？"将军曰："总是壮夫，且休争，可相揖。"敏曰："非礼冲突，实为鄙俗，幸仁人恕之。当尽今夜之欢。"复高烛置酒。敏曰："不知将军之家，误宿于此，幸将军恕之。"将军曰："权尝将兵三千，夜劫韩信营，血战至中夜，兵尽陷，惟权独得归。吾手杀百余人，身中箭如猬毛。今居此悒悒，复何言也！"于是不争闲气。敏是夜又宿焉，妇人则不至。

　　明日，将军又召敏饮，巨翁亦至焉。三人环坐饮甚久，将军顾敏曰："君子不乐，当令李氏侑坐。"将军呼李氏，李氏俄至。李氏坐将军及敏之间，敏乘醉请李夫人吹笛。将军曰："瓮酒脔肉，真勇夫之事也。"又命取酒。大肉盈盘，巨觥饮酒。李氏横笛，音愈愤怨，将军曰："不知怨何人也？"巨翁曰："且休发狂狷，当歌对酒，不要忿怒。"巨翁索笺管赠李氏《吹笛》诗曰：

　　　　一声吹起管欲裂，窍中迸出火不灭。半夜苍龙伸颈吟，五湖
　　四海波涛竭。自从埋没尘土中，玉管无声宝箧空。今日重吹旧
　　时曲，几多怨思悲秋风？此意无心伴寒骨，梦魂飞入李王宫。

将军见而不悦曰："巨翁安知李氏忆旧事而无新意乎？"李氏忿然曰："唐帝有甚不如你这小鬼。"乃回面视敏。

　　既久，将军曰："子之旧情未当全替。"乃劝李氏饮，氏不之饮。将军执杯令李氏歌，李氏默然不发声。敏举杯，李氏不求而自歌。将军怒，面若死灰曰："歌即不望，酒则须劝一杯。"李氏取其酒覆之。敏乃执杯与李氏，则忻然而饮。将军大叫云："今夜一处做血！"李氏云："小魍魉，你今日其如何我？有两个人管辖得你！"李氏引手执敏衣曰："我今夜再侍君子枕席，看待如何？"将军以手批李氏颊，复唾其面。将军走入室，持剑而出，李氏云："范郎不要惊，引颈受刃，这鬼不敢杀我。"巨翁起夺将军剑，掷屋上云："你当荷铁枷，食铁丸，方肯止也。"李氏谓巨翁曰："好人相劝尚不自止，此不足勉也。我自共伊有证于阴府，这鬼曾对巨翁骂五道将军来。"方纷挈，有人空中叫云："一千年死骨头，相次化作土也，犹不息心乎？李氏贵家，因甚共这至愚贱下鬼同室？我待如今报四世界探子，交报阴冥。这鬼卒令入无间地狱，三五千年不得出。如今杀他马，又把他衣服赁酒，似如此怎得稳便！"或有人自空中下一棒，击破酒瓮，铿然作声，人屋俱不见。日色暮，四顾无人，荆棘间冢累累然。视其马，惟皮骨存焉。开箧，则衣服无有也。

　　有小童投敏曰："将军致意子：人间之娼室，亦须财赂。今十余日在此费耗兼不多。"忽不见。敏急去十余里，酒肆间主人曰："数日前，有人称范五经，累将衣服换酒。"敏取其衣，乃己者也。询其仆，

云:"数日他家以酒肉醉我,他皆不知也。"敏身犹在焉,至今为东人所笑。

桑 维 翰 枉杀羌岵诉上帝

钱希白内翰作

桑维翰大拜,方居政地,有布衣故人韩鱼谒公。左右通名谒甚久,公方出,鱼趋阶甚恭,公但少离席。既坐,公默然不语,有不可犯之色。遽引退归,谓其仆曰:"桑公吾故人也,有畴昔之旧,今余见之,有不可犯之色,何也?"仆夫亦通敏人,云:"上相气焰如此,事防不可知。"

鱼翌日告别,将归故乡。既坐,公笑曰:"近者书殿缺人,吾以子姓名奏御,授子学士。"俄有二吏自东廊持箱,中有黄诰及蓝袍靴笏之类。鱼遽降阶再拜受命,公乃置酒。公方开怀言笑,询及里间,语笑如旧。复谓鱼曰:"朱炳秀才安乎?"鱼对曰:"无恙。但家贫亲老,尚走场屋。"公曰:"吾向与之同乡荐,最蒙他相爱,吾文字数卷,伊常对人称赏。子作一书为吾意,召之来,与一官。"鱼素长者,忻然答曰:"诺。"鱼乃作书,特遣一人召。不久炳至,一如鱼礼,箱出诰泊公裳,兼授军巡判官。

公他日又召鱼中堂会酒,公又询鱼曰:"羌岵秀才今在何地?"鱼曰:"闻见客东鲁,颜甚凄凄。"公曰:"吾与之同场屋,最相鄙薄,见侮颇甚。今吾在政地,伊尚区区日困于尘土间,君子固不念旧事,子为吾复作一书召之,当与一官。"鱼应曰:"诺。"鱼又特令一仆求之,月余日,方策蹇而至。鱼遣人道意,同鱼入见。

坐客次,公召一吏附耳而言,吏至言:"公致意,今日有公议未得相见,且令去巡判官处待,少时即有美命。"岵乃从吏至巡判衙署。岵坐客次,见其吏直升厅附耳言于巡判,判云:"领旨。"吏乃去。巡判又呼吏升厅附耳言,吏下陛,巡判曰:"速行。"吏出门。少顷巡判别呼一吏云:"你传语秀才,请去府中授官。"岵莫知其由,出。有白衣吏数人随岵行百步,两人执岵手,岵亦不知。及通衢稠人间,数人执岵,一吏云:"羌岵谋反,罪当处斩。"岵大呼曰:"我家有少妻幼子,韩鱼召我来授官,我何罪而死也？我死须告上帝,诉于天！"言未绝,斩之。韩鱼闻之恸曰:"岵之死,吾召之也。丞相如此,安可自保？"乃告疾还乡。

一日,公坐小轩中,见岵自门外来,不觉起揖。既坐,叙间阔数十句。岵曰:"相公贵人也,生杀在己。岵昔日与公同闾里场屋,当时聚念,闲相谐谑,乃戏笑耳。相公何相报之深也？使吾颈受利刃,尸弃郊野之中,狗彘共食之,妻子冻馁,子售他人,相公心安乎？吾近上诉于天帝,帝悯无辜,授司命判官,得与公对。"公又见阶下半醉而跛者与岵同立阶下,公曰:"此又何怪也？"岵笑曰:"相公眼高,岂不识此是唐赞？"唐赞向为卫吏,曾辱公,公命府尹致之极法。府尹不欲晓然杀之,乃三次鞭之方死,不胜其苦。公曰:"如唐赞辈有何足报？"又曰:"子能贷我乎？吾为饭僧千人,诵佛书千卷报子可乎？"岵曰:"得君之命乃已,他无所用焉。"岵乃起曰:"且相携。"入庭下竹丛中乃没。公不久死,时手足皆有伤处,不知从何有也。

议曰:桑公居丞相之贵,不能大其量,以畴昔言语之怨,致人于必死之地,竟召其冤报,不亦宜乎！

青琐高议后集卷之七

温　　　琬陈留清虚子作传

　　都下名娼以色称者多矣，以德称者甚鲜焉。余闻琬为士君子称道久矣。又曰："彼娼也，不过自矫饰以钓虚誉，诈于为善，何益？"思识其面，一见之，其举动则有礼度，其语言则合诗书，余颇叹息之。会有人持数君之文，托余传于世，其请甚坚。余佳其文意深密，士君子固能通晓，第恐不快世俗之耳目焉。予实京师人，少跌宕不检，不治生事，落魄寄傲于酒色间，未始有分毫顾惜，籍心于功名事业也。故天下不闻予名，而予亦忌名之闻于人。丁巳冬，返河内，休父惠然见访，属予为温琬传。温生，予亦尝识其面目，接其谈论久矣，义不可辞。然予窃尝以为：大凡为传记称道人之善者，苟文胜于事实，则不惟似近乡愿，后之读者亦不信，反所以为其人累也。乃今直取温生数事，次第列之，非敢加焉。且以予之性荒唐幻没如此，是传也，亦喜作，非勉强也，因目之曰《甘棠遗事》。熙宁乙巳仲冬浣日陈留清虚子序。
　　甘棠娼姓温者，名琬，字仲圭，本姓郝氏，小名室奴。本良家子，父遂，游商。至和中得风痹疾，期年而殒。无子嗣，甚贫，徒四壁立。母氏才举琬，辄委琬养于凤翔其妹之夫郭祥家，而只身也寓邸中，流为娼妇。
　　琬情柔意闲雅，少不好嬉戏。六岁则明敏，训以诗书，则达旦不寐。从母授以丝竹，训笃甚严，琬欣然承。暇日诵千言，又能约通其大义。喜字学，落笔无妇人体，遒浑且有格。尝衣以男袍，同学与之居，积年，不知其女子也。邻里或谓之曰："郝氏有子矣。"久之，郭祥因与从母议曰："此女识量聪明，苟教不辍，数年间迤逦能通晓时事，第恐有异志，累我教矣。"遂藏取所读诗文，止使专于女事。琬既心醉诗书,深知其趣,至于日夜默诵未尝已。和睦敦重,九族说之。从母尤钟爱,不异己之子。

十四岁乃与议婚,媒妁来求,足迹相蹑。遂择张氏之子某者。问名、纳采,即在朝夕,而母氏来召。初不归之,复讼官,乃寝其婚。琬是时阴识母氏之谋,因默自言曰:"琬少学读书,今日粗识道理,尽姨夫之赐也。将谓得托身于良家,以终此生也,薄命不偶,一至于此!"因泣下,悲不自胜。遂东还陕侍母,因寓府中。

琬见群妓丽服靓妆,以市廛内为荒秽之态,旦暮出则倚门,皆有所待。邂逅而入,则交臂促膝,淫言媟语以相夸尚。窃自为计曰:"吁!吾苟不能自持,入此流不顷刻耳。"嗟念恨不能自翼以避之。又常曰:"人之所以异于禽兽者,以其识礼义,知其所自先也。传曰:'万物本乎天,人本乎祖。'《诗》云:'哀哀父母,生我劬劳,欲报之德,昊天罔极。'则恩之重无过父母,章章明矣。琬之生,凡十有二月而诞,既诞逾年,不幸父以天年终。既无长兄,致母氏失所依倚,食不足饱腹,衣不足暖体。又所逋于人者几三十万,苟不图以养,转死沟壑有日矣。琬妇人直自谋之善耳,亲将谁托哉?岂独悖逆于人情,天地鬼神临之在上,质之在旁,琬又安自存乎?当图以偿之。"又思曰:"琬一女子,上既不能成功业,下又不能奉箕帚于良家,以活其亲。而复眷顾名之荣辱,使老母竟至于饥饿无死所,则琬虽感慨自杀,亦非能勇者也。复何面目见祖宗于地下耶?"屡至洒涕,犹豫不能决。

未几,会有赂贿母氏求于琬合者。琬知情必不可免也,自是流为娼。性不乐笙竽,终日沉坐,惟喜读书。杨、孟、《文选》、诸史典、名贤文章,率能诵之,尤长于孟轲书。尝自言:琬少时最忌蚊蚋,每读书辄相忘。暑之酷,汗交流至踵,亦弗复之顾也。夜则单衣讽诵,必过更,家人固请,乃略就寝。及旦复然。有来解之者,琬则对以:"琬之性愚,素不喜他技。"厚谢之,揖使退。又尝学写书字,每日有求书写者,琬熟视其纸,一挥而成,于是染指间。郡将知之,欲呼琬入官籍,而辞以不笙歌,不足以备尊俎欢。太守亦以其女弟占籍,乃辍之。累次如此。然郡邑关蜀秦晋之地,舟车商贾之辐辏,金玉锦绣之所积,肩摩车击,人物最盛于他州。而督师官属往来不断,府中无事,游宴之乐日多相继。太守熟琬名,会有名公贤士则召之。琬凡侍燕,从行止一仆,携书箧笔砚以随。遇士夫缙绅,则书《孟子》以寄其志,人人爱之。

始琬不学吟诗,太守张公靖尝谓之曰:"歌诗,人之所难,古君子莫不有作。尔既读书,不学诗何以留名?"琬退而编诗,独喜李杜。初学绝句,已有文彩可观,亦未尝师人也。他日见太守曰:"琬已学之矣。"太守命题,执笔而成,深慕其敏且赡。由是间或席上有所赠答,多警句,关中以至淮甸人人争传诵,于是又以诗名愈盛。同列者疾之,每太守与客会,出题赋诗,或问以《孟子》,则众环指之,日伺隙以非语毁之。琬处之晏然,曾不瞩顾。琬于《孟子》,不独能造其义理,至于暗诵不失一字。太字尝背其书以举,则应声曰:"是篇也,在某板之某行上。"故太守张公赠之诗,其尾有"桂枝若许佳人折,应作甘棠女状元"之句。

时宰相司马光君实请告焚黄,自外邑而来。肃至府下,郡将以宴,命琬侍。君实陕人也,久知琬,而未之识,因顾问曰:"甘棠乃光之乡里也,闻娼籍有善谈《孟子》者,为谁?"主人指琬以对。乃询其义,谦避不肯应。固问,则曰:"孟子几圣者也,琬何人,讵敢谈其书。"久促之,复曰:"琬妇人也,对大儒而言《孟子》,挟泰山以超北海,不量其力,不知其分者也。"君实喜,顾谓主人曰:"君子识之,妇人其谦能如此。"太守尤悦,待之益厚,竟使系官籍。

琬自流为娼,所与合者皆当世豪迈之士。而厥母始为一商所据,日夜沉寝,五月一出,醉未尝醒。致琬所接士恶之,足疏踵门。琬已而自谋曰:"琬既沉为此辈,苟不择人而与之游,徒以轻才薄义,而重富商巨贾之伦,志乎利而已,则与俗奴奚别?虽杀身不足以灭耻矣。今为娼而唯母氏之制,则不得自由。又所接者,必利而后可也。当自图之。"

居数日,乃潜匿于郊外庄家,为易衣服,权使人为兄弟,乘一蹇驴类流民,西如凤翔。既而太守求之,令下甚急。行次潼关,守吏因止之曰:"郡失一妓,太守传檄捕之方急,尔非耶?"琬以言诈之,遂得脱去。至凤翔,才定居,而遣仆至陕,泄其事。太守访得之,掠讯诸苦,备极不堪,乃具言之。遂移文凤翔摄。摄下,琬不免,随牒而至。始至,众以为太守怒,必被刑,群妓往往私相贺。及至庭下,太守问曰:"何故而去?"琬对曰:"以非公,私故而去。"言甚凄怆。有顷,太守顾左右审之,左右有知其故者以实对。太守愈喜,然以妓之有故不得脱籍辄他去者例不许,乃出金赎之免。琬既归,从容言母氏:"过荷太守殷勤,今乃复来,非欲还也。今日母氏格前日之非可矣,不然,琬五日内复去。此去,虽太守召不还也,加之刀锯弗顾也。有以亮之。"母氏泣,且曰:"自今后果绝商者,恩爱如往时。"

琬居手不释卷,非太守召,未尝出门阈。后既被籍其名府中,自府主而下呼叫频数,日不得在家,颇废书。愿欲脱籍,初未有路。其家自是亦稍富足,乃欲适人以遂初心,屡白太守,太守艰之,坐间,因命赋《香篆》诗曰:

> 一缕祥烟绮席浮,瑞香浓腻绕贤侯。
>
> 还同薄命增惆怅,万转千回不自由。

太守识而喜之,然终不听其去。

后太守交代,乘其时谒告,挈母氏骨肉徙京师。既至,为右军访得之而系其名,不得已而居京师。其门常闭,罕得见之。是以角胜图中无其名,而誉不播皇都也。时人欲得一见,往往推故,故人亦不足而谤之。其所接者,惟一两故人而已。居数年后,求去籍,遂所请。

始与太原王生有旧,乙卯中,生战交趾,没于兵间,琬闻之至深恸哭。又召举浮屠者诵经累日,以荐生生天。人钦其能全恩义。

其故人甘棠清虚子尝赴调抵京师,访其友西河陈希言,语及琬始末之操,希言惊叹且喜,翌日为长书遗清虚子。今姑录其略曰:

> 某闻天下谈说之士相聚而言曰:"从游蓬岛宴桃溪,不如一见温仲圭。"仲圭,娼家女也。处幽邃之地,其言语动作,不过闺门之内,目顾手挽,不出于衽席之上而已矣。夫何以得此誉于天壤间哉?其以色而后文耶?抑复有异乎?或谓其善翰墨,颇通孟轲书,尤长于诗笔,有节操廉耻,而不以娼自待。而交游宴会,名硕多礼貌之。然虽士君子不能远过。平居所为崇重,经时足未尝践外庭,邻居亦不识其面。又所与契者,尽当世豪俊之士,

至于轻浮偎浪之狂子弟,皆望风披靡而不敢侧目以瞩视。其然耶,其不然耶? 仆窃倾慕之。

家世居京师,京师之娼最繁盛于天下,仆无不登其门而观之者。又尝侍亲游四方,四方之妓,一一皆审较其优劣。视其所得,察其所操,如仲圭者,实未之有焉。是以日夜孜孜,思慕一见,而邈无缘可往,不胜饮渴瞻向之至。兹者窃闻足下与之游有日矣,又且乡里人也,其于为人表里,不可以尽知之,谈说者果其虚言也,其果如仆之所闻耶? 果如仆之所闻,则足下为绍介,仆将谒之。

仆尝谓天赋阴阳之粹,以流形于区域间,角而分、手而爪、蹄而走、翼而飞者,皆不可谓之人流。人之生,有性斯有情,虽愚者与同焉。谁不欲开口而笑,以傲区区之名利,潜心而静,心静而安,以恝夫死生哉! 若郑子产知公孙丑为乱,而不识其为真人。禽滑厘闻端木赐狂,而不知其为达士。夫仲圭之贤,世固知之矣,不待仆言而后知也。仆何人哉,乃敢接近于真人达士耶! 虽然,孟子之书,取一贤之言可效可师,又焉得自异而不法之哉? 且夫蓬岛桃溪之路,与俗世之事其不可相比侔,不犹天地之悬绝哉? 今议者乃愿彼之乐,而求一见仲圭之面,一接仲圭之谈,则仲圭之所以负荷膺得是誉者,宜如何也? 仆固拳拳焉。

丁巳孟冬晦日,与君实同造其馆。希言世居京师,号能识人,一见如梦觉,知所闻且非妄誉。琬有诗仅五百篇,自编为一集,为好事者窃去。后继吟百首,乃不肖类成者。《孟子解义》八卷,辞理优当,秘未尝示人,非笃友不得闻其说。有求观其帙者,则尽己见,从而释之,于道固无谦让云。然名藩大府,多士如林,闻之曰:“是自眩其不知分也。况琬妇人也,而释圣贤之书,义固不足观也。”予始正为一帙,自题其上曰《南轩杂录》。其间九经、十二史、诸子百家,自两汉以来文章议论、天文、兵法、阴阳、释道之要,莫不赅备。以至于往古当世成败,皆次列之。常日披阅,赅博远过宿学之士。其字学颇为人推许,有得之者,宝藏珍重,不啻金玉。就染指书,尤极其妙。性虽不喜讴歌,或自为辞,清雅有意到笔不到之妙,信其才也。或人求其所书,则拒应曰:"德成而上,艺成而下,琬于此,不愿得名也。"其谦逊娴惠形而不言,率皆类此云。至于微言片善,著在人耳目,铭在人心腹者,固非笔舌能尽述,知者其默而识之。琬今日尚寓京师。

清虚子曰:韩退之尝有言曰:"欲观圣人之道,自《孟子》始。"温琬区区一娼妇人耳,少嗜读书,长而能解究其义,亦可爱也。且观其施设措置,是非明白,诚鲜俪于天下。惜其生不适时,丁家之多难而失身,亦不幸矣。惜哉!使其身归于人,得或全其节操,天下称道在史策也,岂特言传之所能尽耶!姑且叙其略,云《甘棠遗事新录》。

张　　宿 <small>胡宾枉杀张宿报</small>

庆历年间,殿直张宿受命湖南军前讨蛮,宿属胡宾麾下。胡为将也,尝谓军吏曰:"使吾平地破此贼,如摧枯拉朽耳。"命宿将兵数百人入贼洞,觇贼虚实。宿引兵深入,为盗断后路,危岭在前,进退皆不可得。宿激励士卒曰:"今日之事,非只图功名富贵也。陷此绝地,若不溅血争战,无一人可还者也。既所争在命,各宜奋励死战。"士卒于是争死赴敌。蛮贼据高处,木石交下,士卒所伤甚众。宿乃引其兵回争归路,贼扼隘,势不得过。宿挥戈当前力战,自寅至午,宿手杀百人,宿之兵亡七八矣。宿大呼曰:"使吾更得百人,可以脱身。"又战,身被十余创堕涧下,宿兵尽亡。

宿三日方归营,胡责之曰:"兵尽亡而独归何也?"宿为人气劲语直,言曰:"宿将兵才二百人耳,深入溪洞,彼断吾归路,宿励兵力战争死,杀伤千人,吾手杀者百人,吾兵虽没,亦足以报国也。吾今自身被重创者十余,堕涧下三日方脱,将军何酷之深也?"语言刚毅,曾不少屈。胡大怒,命左右斩之。宿引手攀帐哭曰:"将军贷贱命,我必立功报将军。死于此,不若死于贼,则吾之子孙当蒙恩泽,可以养老母及妻。"胡愈怒,叱兵擒去,宿攀帐木折乃行。宿出门叫屈,言云:"若有神明,吾必诉焉!"

后日,胡如厕,见宿立于旁,胡叱之曰:"尔安得来此?"宿曰:"吾已诉于有司,得报子矣!"胡但阴默自叹。不久,胡引兵入洞征蛮,大战得退。胡又深入过溪,见宿行于前,胡自知不免,又力战,乃陷,军尽死之。

青琐高议后集卷之八

甘棠遗事后序子醇述甘棠诗曲

丹邱蔡子醇述

甘棠遗事后序<small>子醇述甘棠诗曲</small>

丹邱蔡子醇述

熙宁丁巳季冬之吉，友人河南张洞端诚相访，出清虚子为《琬传》示予曰："清虚子，雅厚君子人也，居常不妄毁誉。今为此传，事节首尾颇得其实。惜夫尚有缺漏者，我为子言之，为我补述之。"

"琬最善谈语，每与宾友对席，礼貌雍容，绰约姮娥之思，实天赋与而非强使。然非道义之言，非悠久之语，曾不出诸其口。其言语若置齿间，优游闲雅，其音清响，且和而圆，倾耳而听，历历如闻钧天之乐，灿然有若锦绣之美，以辉辉乎人耳目。默而探其意，周旋骸骸，终不出于礼义之场。多学孟子之书，知友间或持身制行有非僻者，常亲写《孟子》文足以为戒者予之。与士大夫预坐，或人素推其能辩者，听琬言往往倾耳瞠目，低首钳舌，缩手袖间而不敢酬答。何则？彼听之惟恐不暇，讵敢恃己所至，聒聒然强与之角哉？清虚子谓琬能诗，多警句，信矣。予尝访得琬诗，仅得三十篇，所言皆有意思，不徒发耳。

寄　远
小花静院东风起，燕燕莺莺拂桃李。
斜倚红墙卜远人，楼外春山几千里。

寄　情
郎在溪西妾岸东，双眸寄恨托溪风。
待郎行尽溪边路，笑入垂杨避钓翁。

咏　莲
深红出水莲，一把藕丝牵。
结作青莲子，心中苦更坚。

咏　荷
鱼戏银塘阔，龟巢翠盖圆。

鸳鸯偏受赐,深处作双眠。

咏　菊二首

碧玉枝能辉砌栏,黄金蕊可荐杯盘。
陶潜素有东篱兴,莫与群芳一样看。

又

簇金雕玉斗玲珑,心有清香分外浓。
蜂蝶尽成嫌冷淡,陶潜不肯爱芙蓉。

述　怀

多情天赋反伤情,深闭幽窗倦送迎。
莫笑区区事章句,不甘道韫擅诗名。

免舞矸鼓曲

不辞粉黛涂青黑,不惜罗衣换戏衫。
节拍未明身不惯,忍交庭下露卑凡。

和雪景值初冬喜雪

六出飞花景最奇,尽从数片入罗帏。
拥炉公子温浓酒,寄垒将军卷战旗。
笑指旋消携手处,仰看无际并头时。
尽知感召归贤牧,阖境人心物态熙。

泛　舟

醉拥笙歌彩舰摇,落花飞絮扑兰桡。
碧波行处新荷小,惊起鸳鸯拂画桥。

寻　扇

架头轻拂隔年尘,随手清风快大宾。
愿得不遭秋弃掷,团圆常作掌中珍。

探春有忆

纵步来芳圃,寻春亦有功。
雪消梅蕊白,烟淡杏梢红。
笺管吟情广,池亭物态融。
去年人不见,无绪绕幽丛。

偶　题

暗喜亭花上,喳喳喜鹊来。

良人在何处? 云雨满阳台。

大 寒 偶 成

翠阁呵纤手,濡毫结冻丝。

发妆惟有酒,谁为暖轻肌?

雁　字

飞来绝漠三千里,写破晴空三四行。

点画不精难入画,应难染指献公堂。

对 月 献 书

素月流天爱者多,月光照处匪偏颇。

姮娥若没怀春意,因甚随人不奈何?

书　怀

鹤未远鸡群,松梢待拂云。

凭君观野草,内自有兰薰。

述 怀 寄 人

分手长亭后,音书更杳闻。

离愁应似我,况味不如君。

玉管宁无恨? 兰茷别有薰。

攀思共明月,心绪正纷纭。

雪　竹

一簇修篁小槛中,可堪和雪更玲珑。

数枝压亚尤增秀,莫惜轻绡命画工。

雪 夜 观 月

天寒雪月相辉映,此夕家家尽玉堂。

梅老不收千里艳,桂新推出一轮香。

诗心挨晓吟晴景,木冻摇风拂冷光。

天上人间都作白,余辉思借读书房。

初 冬 有 寄

万木凋零苦,楼高独凭栏。

绣帏良夜永,谁念怯轻寒?

和刘景初园亭

养恬高士厌尘笼,一簇林亭气郁丛。

继日管弦皆雅丽,满城车马尽交通。

小舟轻泛泉飞碧,秀木横空叶堕红。

闻说留题诗版处,愧将狂斐厕名公。

饯王彦辅

右曹固久称奇政,莫厌全将校秘文。

他日玉堂莲烛引,康衢霄壤颂清芬。

送监酒吕廷评

趋承阶所蒙存顾,再拜轩中怅别离。

驿舍酒醒霜月晓,泪痕无路到门楣。

咏落花

费尽东君力,无情一夜风。

莺声莫相薄,秀实枉春工。

题华山

终日华山前,为爱华山好。

多少爱山人,不见山空老。

席上赋太守流杯

绕坐水分山下涧,盈瓶酒泛桂中浆。

棠郊不是淹留地,紫诏行飞且引觞。

芍药二首

桃李开时英未吐,轮蹄方乏始花攒。

嘉名一种清香在,未肯将心愧牡丹。

又

首夏群芳色正残,玲珑千叶照杯盘。

主公好事偏相惜,怕损纤枝创曲栏。

琬诗甚多,予得之者才此数篇耳。"

"琬闻己过不惮改,轻财好施,士有逆旅窘困者,辄召赠予。或辞不受,必宛转致,使有所济,则喜形于色。事母极纯孝,而临事能处,不牵拘于世俗。乐称道人之善。予每以言试之，未尝有伤妒之心。尝谓：娼者固冗艺之妓也，有不得已而流为此辈，所以藉赖金钱，活其生养其亲而已矣。既有所藉，则不可以无取，取之有道，得之有义，是故君子之所贵焉。今天下之娼则不然，举性乎淫而志乎利者也。但求能少识夫义理者实鲜。且夫平居里巷相慕悦，酒食游戏相追逐，诩诩强笑语以相取乐，握手出肺肠相示，指天日泣涕，誓死生不相负背，真若可信。一旦计锥刀之利，稍不如意，则弃旧从新，曾不之顾。间有莅官君子，承学之士，深惜名节者，亦甘心焉，折身下首，割财损家，极其所欲而后已。此虽夷狄禽兽之所不忍为，其人乃自视以为得意。噫！幸而不遇豪侠之客也，拂其颈，冲其胸，刃其躯壳，切其肌肤，悬头竿杪，涂血于地上之祸亦姑免矣。闻温琬之风者，可无愧死焉！而清虚子传意存讽讥，殆非苟作，欲人人致身于善地耳。"

予喜而听之曰："子之所言，其不妄也。予文鄙，又不能增饰，奈何？"端诚笑而对曰："增饰则未免乎伪也。"姑述张君所道而叙其实为《甘棠遗事后序》云。

汾阳王郭子仪<small>床下二鬼守公马</small>

汾阳王未贵显时，一日，有故宿郊外田舍家。月色朦胧，田翁家垣篱疏缺，公絷马于茅轩前。公独卧不成寝，闻烛下有人嗽声，不见其形。又榻下有人呼烛下人曰："吾二人各直一更。"至夜后，有人盗马出坏垣外，公欲呼田翁。俄床下人与烛下人匍匐而出，击其盗曰："尔何人斯？敢盗汾阳王马！"夺其马以归。公连夕不寐，达晓乃去。公后有大功，累加尚父，女适公侯，男尚公主，门下吏俱为卿相，仆使建节者数人。居家三百口，二十年无缌麻服，唐室第一人也。

一 门 二 相<small>吕贾一门二丞相</small>

本朝大丞相吕公蒙正、大丞相夷简，一门二丞相，二十年居政地，钧陶群品，运斡元化，四夷畏服，天下一和，终始一节，玉立无玷，曳青紫者盈门。呜呼盛哉！

本朝丞相贾黄中、丞相昌朝，一门二相公，在钧轴百废条举，卿士大夫各安其职，天下称为贤相。美哉！

钱　贤　良　本朝钱氏应贤良

太宗钱易内翰贤良登第，子彦明逸连捷大用。明逸有奏云："两朝之间相继者父子，十年之内并进者弟兄。"时人荣之。钱氏自纳土内附，艺祖遇以殊礼，延其世，系诸里。今得食者环郡县，加之以文学取显仕，世不乏人。盛哉！

一门六内翰　吕文穆父子相继

本朝丞相吕蒙正文穆公，子公弼、公著、公蕴、公需，为修历起居，后为翰长有名，继盛者未之有也。

一门枢相　陈尧咨兄弟之盛

本朝丞相陈尧咨，状元登第，自翰长作相。弟尧佐，复状元及第，作相。三弟尧叟，第二人及第，作枢密使。一门二状元、二宰相、一右相，圣朝之盛，一家而已。

三元一家　王冯杨三家之盛

大丞相王曾，青州解元、南省省元、殿前状元；枢密冯京，鄂州解元、南省省元、殿前状元；杨学士赏，开封府解元、南省省元、殿前状元。本朝太平百余年，文物最为隆盛，数路得人，推进士为上第。天圣三元三人耳。继之者必洪学大手笔之士，今继者一何甚稀也？

二　元　两　家黄庠范镇作二元

　　黄庠，州解元、南省省元；范内翰镇，国学解元、南省省元。范公文学有重望；黄公省试后卧病月余，唱第后方愈。二公才学优粹，凡为时所重，百余年始得二人，不亦少乎？

青琐高议后集卷之九

梦　龙　传_{曹钧梦池龙求救}

　　大宋天圣中,曹钧,彬县人也。其先远挺秀公,以丰功伟绩,守白州刺史,除南安节度使。高曾以来皆守藩,寓南海焉。洎乎子孙分裔,文武立身,世禄于晋,受永业之西湖堂,建书院,藏书万卷,组绣儒风。友朋自远方来者,悉赡以朝昏之费,推以寒暑之服,前后相继数世。书堂即基于西湖塘之阳,幽奇渊深之所也。曹氏以家世富贵,日延庆于远方,担簦是邑横经者尽求学焉。功业成就辞门应选登科第者十有八九。自以温习所暇,则同二三友人泛湖涟漪,短楫轻舟,吟烟啸月。

　　一夕,因风清波息,景寂人断,恍然梦一老人白衣来见曰:"我即非世人,乃即郡塘中龙也。居此塘,爱其澄澈,恋以门户,凡兴致云雨之期,皆从天命,庶免鳞甲枯干之虑。实藉水源,未报厚恩,辄露底蕴。知君勇义,必救难危。明日午时,西北有陷池龙来兹小戏,虑失大机,凤知郎君善于弓矢,可相救乎?"曰:"可。""君为审其彼此焉。彼龙为青牛,吾亦如之。吾以素帛缠身,但腰有白者,即吾也。愿细别形仪,幸无误失。"曰:"余射虽无功,敢不从命!"叟乃辞去。及觉,睹光明灿烂,舟中明月皓然,欲睹斯兆,展转不寐。不久鸡唱,细思老叟形影,尚仿佛目中。

　　至其时,不违所托,挽弓于塘侧伺之。未移时,见二青牛于平川中酣斗,钧挽弓流矢,中其俱青者膊。于是白腰者胜。既有强弩,鼓其余勇,逐龙过冈原,而无所睹矣。是夜三更,叟谢曰:"君善射,真号猿手也。而欲相报,拟须何宝?"曰:"仆自处人世,酷爱诗书,不重寸璧。若云珍宝,幸不介怀。惟愿子孙不离乡邑而荣也。"叟曰:"不离乡邑而荣者何?"曰:"都押衙则军州之最也。"叟曰:"君之所为一何劣哉?"对曰:"知足不辱,知止不殆。"叟曰:"善哉言乎! 吾尝闻以约失之者鲜矣,即郎君之谓。天不夺人愿,必能副其志,保从郎君世世相继矣。"

及后果如其言,是知报恩龙神可记。

仁　鹿　记楚元王不杀仁鹿

殿直蒋彦明诚之《地理志》云:楚有云梦之泽,方一千五百里。东有仁鹿山、仁鹿谷、仁鹿庙,世数延远,莫知其端。余尝游湘共衡,下洞庭,入云梦,询诸故老,莫有知者。因游岳阳,见休退崔公长官,且叩仁鹿事。公曰:"吾得古书于禹穴所藏,探而得之,子为我编集成传。"余既起,获其书乃许之。

楚元王在郁林凯旋,大猎于云梦之泽,有群鹿万余趋于山背,王引兵逐之。值晚,鹿陷大谷,四面壁立,中惟一鸟道,尽入曲阿。王曰:"晚矣,以兵塞其归路,明日尽取此鹿,天赐吾犒军也。"既晓,王令重兵环谷口,王自执弓矢。有一巨鹿突围而入,至于王前,跪前膝若拜焉。口作人言曰:"我鹿之首也,为王见逐奔走,逃死无地,今又陷绝谷。王欲尽取犒军,乞王赦之,愿有臆说,惟王裁之。"王曰:"何言也?"鹿曰:"我闻古者不竭泽,不焚山,不取巢卵,不杀乳兽,由是仁及飞走,鸟兽得以繁息。舜积仁而凤巢阁,汤去罗而德最高。人与鹿虽若异也,其于爱性命之理则一焉。吾欲日输一鹿与王,则王庖之不虚,吾类得以繁息,王得食肥鲜矣。若王尽取之,吾无噍类矣,王将何而食焉? 于王孰利也? 王宜察之!"王乃掷弓矢于地,言曰:"汝亦王也,吾亦王也,汝爱其类,何异吾爱其民。伤尔之类,乃伤吾之民也。"王乃下令云:"有敢杀鹿者,与杀人之罪同!"王谓鹿曰:"归告尔类,吾将观尔类之出谷。"乃先令鹿行,王登峰而望焉。巨鹿入群鹿中,如告如诉。巨鹿前引,群鹿相从,呦呦和鸣而出谷。王叹惋还国。

后王军伐吴不胜而还,吴王复侵楚,楚王与吴战,又失利。楚王乃深沟高垒,坚壁以老吴师。楚多为疑兵,然吴兵尚锐,楚王深虑焉。吴军一夕还营,若万马奔驰,吴军为邻国救至,乃遁去。楚王明日绕吴营,见鹿迹无数环其营。王坐郊外,见向巨鹿突至曰:"今日乃是报

恩焉。吾乘月黑引万鹿驰绕其营,彼必为救至,乃遁去。"王劳谢曰:
"今欲酬子,将欲何物?"鹿曰:"我鹿也,食野草而饮溪水,又安用报
也? 愿有说上陈:楚含九泽,包四湖,回环万里,负山背水,天下莫强
焉。加有山林鱼盐之利,虾蟹果栗之饶,苟能善修仁德,勤抚吾民,可
坐取五伯。彼不修仁义,毒其人民,王从而征之,彼将开门而内吾军,
此不战而胜者也。王不修仁德,而事征伐,向吴之侵楚,乃王先伐之
也,何不爱民行仁义,坐而朝天下,岂不美也?"王曰:"善哉!"王曰:
"吾为子立庙,以旌尔德。"乃名其山曰仁鹿山,谷曰仁鹿谷,庙曰仁
鹿庙。

鳄 鱼 新 说 韩公为文祭鳄鱼

　余尝读《唐书·韩文公传》云:公元和十四年,谪官潮州刺史。
公至,患鳄鱼为害,公作文以牲投恶溪之潭。翌日,群鳄相随而徙于
海,才三十里而止。余甚疑焉。夫古之善政所感,虎去他州,蝗不入
境者有之矣。以公之文学政事,宜乎驱鳄鱼而去;其言三十里而止,
卒不能入三十里内,余惑焉。

　熙宁二年,余有故至海上,首询其事,又欲识鳄之状。会有老渔
详言其实云:"鳄之大者数千斤,小者亦不下数百斤。水而伏,山而
孕,卵而化。其形蟹目屓角,龙身鳖足,用尾取物,如象之用鼻焉。苍
黄玄紫,其色不一。方其幼者,居山腰岩腹之下。其卵百余,大小不
一,能为鳄者率二三,他皆或鼋或鳖。鳄之游于水,他鱼不可及。溯
流顺水,俱无他鱼。羊豕猪犬之游于岸者,鳄潜其下,引尾取而食之。
民被其害。"余又问老渔:"韩公遣鳄而鳄去,止于三十里乎?"渔曰:
"熟闻大父言云:韩公亲为文,遣衙吏史济临恶溪之岸,陈牲读文。
不久,一巨鳄出岸下,济惧,尽以牲文投水中,遽往。回视鳄,衔其文
而去。是夜大雷,苍云蔽溪,水穷于溪者无患焉。史云三十里者,举
其迹而言也。"

　一日,渔者得一乳鳄于海上,长不满三尺,其状皆如老渔之说。
鳞角间有芒刺,手不可触,其状固可惧,况其大者乎?

朱　蛇　　记李百善救蛇登第

大宋李元,字百善,郑州管城人。庆历年,随亲之官钱塘县。下元赴举,泛舟道出吴江,元独步于岸,见一小朱蛇,长不满尺,赭鳞锦腹,铜髻绀尾,迎日望之,光彩可爱。为牧童所困,元悯之,以百钱售之。元以衣裹归,沐以兰汤,浣去伤血,夜分,放于茂草中,明日乃去。

元明年复之隋渠东归,再经吴江。元纵步长桥,有一青衣童展谒曰:“朱秀才拜谒。”元睹其刺,称“进士朱浚”。元以其声类,乃冠带出,既揖,乃一少年子弟,风骨清耸,趋进闲雅,曰:“浚受大人旨,召君子闲话。浚之居长桥尾数百步耳。”元谓浚曰:“素不识君子之父,何相召也?”浚曰:“大人言:‘与君子之大父有世契。’固遣奉召也。大人已年老,久不出入,幸恕坐。”邀意甚勤厚。元拒不获已,乃相从过长桥,已有彩舫舣岸。浚与元同泛舟,桂楫双举,舟去如飞。

俄至一山,已有如公吏者数十立俟于岸。元乘肩舆既至,则朱扉高阙,侍卫甚严。修廊绳直,大殿云齐,紫阁临空,危亭枕水,宝饰虚檐,砌甃寒玉,穿珠落帘,磨璧成牖,虽世之王侯之居莫及也。俄一老人高冠道服立于殿上,左右侍立皆美妇人。吏曰:“此吾王也。”浚乃引元升殿,元再拜,王亦答拜。既坐,曰:“久绝人事,不得奉谒,坐邀车驾,幸无见疑。因有少恳,即当面闻。前日小儿闲游江岸,不幸为顽童所辱,几死群小之手,赖君子仁义存心,特用百钱救此微命,不然,遂为江壖之土也。”元方记救朱蛇之意。王顾浚曰:“此君乃使子更生者也,汝当百拜。”元起欲答拜,王自起持元手曰:“君当坐受其礼,此不足报君之厚赐。”王乃命置酒高会,器皿金玉,水陆交错。后出清歌妙舞之姬,又奏仙韶钧天之乐,俱非世所有。

酒数巡,元起曰:“元一介贱士,诚无他能,过荷恩私,不胜厚幸,深恐留滞行舟,切欲速归侍下。”王曰:“君与吾家有厚恩,幸无遽去,以尽款曲。”元曰:“王之居此,愿闻其详。”王曰:“吾乃南海之鳞长,有薄功于世,天帝诏使居此,仍封为安流王。幸而江阔湖深,可以栖居。水甘泉洁,足以养吾老也。”王曰:“知君方急利禄,以为亲荣。吾为君得少报厚恩可乎?"元曰:"两就礼闱,未沾圣泽,如蒙荫庇,生死为荣。"王曰:"吾有女年未及笄,欲赠君子为箕帚,纳之当得其助。"又以白金百斤遗之。王曰:"珠玑之类,非敢惜也。但白金易售耳。"乃别去,既出宫,复乘前舟,女奴亦登舟同济。少选至岸,吏赍金至元舟乃去。

元细视女奴,精神雅淡,颜色清美,询其年,曰:"十三岁矣。"自言小字云姐,言笑慧敏,元心宠爱。后三年,诏下当试。云姐曰:"吾为君偷入礼闱,窃所试题目。"元喜。云姐出门,不久复还,探知题目。元乃检阅宿构,来日入试,果所盗之题,元大得意,乃捷。荐名后,省御试,云姐皆然。元乃荣登科第,授润州丹徒簿。

云姐或告辞,元泣留之,不可。云姐曰:"某奉王命,安可久留?"元开宴饯之,云姐作诗曰:

> 六年于此报深恩,水国鱼乡是去程。莫谓初婚又相别,都将旧爱与新人。

时元新娶。元观诗,不胜其悲。云姐泣下,再拜离席,求之不见。元多对所亲言之,今元见存焉。

议曰:鱼蛇,灵物也,见不可杀,况救之乎? 宜其报人也。古之龟蛇报义之说,彰彰甚明,此不复道。未若元之事,近而详,因笔为传。

青琐高议后集卷之十

袁   元仙翁出神救李生

先生袁元,不知何地人也。葛裘草履,遍游天下,所至终日沉醉。一日,游齐州长清县,市有李生,以财豪于邑下。先生日过其门,则引手谓李生曰:"赠吾百金为酒费。"生不违其请,即时遗之。比日而来,凡经岁,生无倦色。

一日,先生别生曰:"久此扰子,吾将远游。子能觞我,则主人之意尽矣。亦将有以教子。"生曰:"诺。"乃与先生出郊外。酒半酣,先生云:"子有大厄,子能慎之,乃免。不然,祸在不测。"生曰:"先生赐教,敢不从命?"先生取笔于生手掌中书一"慎"字,曰:"子慎勿殴人,殴人则人死。子守出一月乃无患。"生归,日夕思虑,不敢出户。

经浃旬,一日,忽闻门外喧竞,生忘先生之言,遽出视焉。有跛而丐者,在生开典库前,出言秽恶,生忿然殴之。跛者仆地,首触户限,奄然无气,既久不复生。生大悔泣,谓其母曰:"不听先生之教,果有大祸。逃则不忍去膝下,住则当受极法。"因大恸。生性至孝,母曰:"窜可偷生,无坐而待缚。"乃由居之后户而去。方出,见先生,泣拜曰:"别后逾月,灭裂教诲,今果如先生之言,为之奈何?"先生曰:"子复归,吾为画之。"先生坐一静室,谓生曰:"子出受絷,吾自有计。"先生乃阖户闭目。生出户,观者如堵,吏乃执生。俄而跛者起坐,少选乃行,去甚速。吏乃舍生令归。生入室,视先生尚闭目端坐,若入定者。

翌日,乃开眼谓生曰:"跛者固已死矣,吾出神入其尸,使走焉。吾驱其尸在灵岩山洞涧旁,人迹所不至处矣。"先生曰:"子至孝,当有善报。子寿期合至七十四,今以殴跛者,促其四年矣。"先生将去,生曰:"死生再造之赐,罄家所有不足报德,不识先生意欲何物?"先生笑曰："吾方与星辰出没,天地久长,安用世货焉?"竟去。

养素先生诏上殿宣赐茶药

先生姓蓝,名方,字元道,亳州人。父老言："自儿童时见先生,初见迄今如一。"先生发委地,黑光可鉴,肌若截膏,眉目疏远,面若堆琼,齿如排玉。举动温厚,接物以和,大小皆得其欢心。或游旗亭,遇废民丐于道路,探怀出钱盈掬遗之。颇好施药,诊救疾苦。

仁庙闻先生之名,特诏上殿赐坐。及赐茶药,馆先生于芳林园。先生告去,帝赐先生号南岳嵩山养素先生,乃往南岳道观。是日学士丽公昌赠先生诗曰:

圣泽浓云隐逸身,道装宜用葛为巾。

祝融峰下醉明月,绿水源头钓紫鳞。

曾见海桃三结子,不知仙豆几回春?

他年我若功成去,愿作云桥跪履人。

先生和云:

仰告明君乞得身,不妨林下戴纱巾。

满斝村酒浮琼蚁,旋钓溪鱼鲙锦鳞。

元府乌鸦飞后夜,洞中花木镇长春。

吾官傥若为同志?个里才由两个人。

先生独立阁上,一夕,与人语言,侍者穴牖窥之,则见红光满室。明日,客问之,先生曰："吾师刘道君行过此,叙话少刻耳。"先生一日沐浴,坐而召侍者曰："吾今二百七十二岁,安可复受先生位号?但不欲拒圣君之意,今当舍去。"乃奄然逝。

先生多游西川,亦往来湖湘间,人时复见之。

蓝先生续补论功行可至神仙

先生居南岳时,有弟子陈通叟曰："闻诸师曰:'无功行,则不至神仙位地。'愿先生提耳,告其枢要。"先生曰："古之为功行者恐人知,今之为功行者恐人不知，此所以功行肤浅，卒无所成就也。今之世有跛一足、眇一目不能自有者，皆天地之废民，能赈恤之，亦有功行。有其地、无其地有二说焉。有其地，富者也；无其地，贫者也。有其地，则易为功；无其地，则难为效。居难为效之地，而能为功，又愈于有地者也。然此皆外也。外者，人能勉为之矣。不若积于内，孝于亲，谨于兄，睦于族，信于朋友，无欺于人，无负于神，仰天俯地无所自愧，此云内也。然后从而求其所可为，以济万物之不足。内外一体，表里为用，此神仙之用心也。久而不已，即将有补焉。"通叟乃再拜。

中　明　子刘昉尸解游京师

刘昉先生尸解后，游于京师，里人简有从遇之于途，邀先生于茶肆。有从询云："公非刘先生乎？"公曰："然。""闻先生尸解久矣，何故至此？"先生云："无则入有，假乃归真。此吾家常事，子何讶哉！"有从言曰："尝幸枢衣，又同里闬，先生面若红妆，而吾将为枯骨，先生忍不教之乎？"先生曰："人之亡于道，五十岁前则可以出也。逾年虽学之勤死，如坏屋，益以完补，但可延岁月。则子今年七十岁矣，学之何益？且子好言法律，教人争讼，甚为阴德之累。"言讫，乃闭目不语，久方去。有从蹑其踪，先生回顾，天上一鹤冲天而飞翔，其人亦回顾鹤，即失先生矣。

施　先　生不教马存炉火法

先生姓施，名无疾，不知何地人也。时往来京索间，多不食，动经岁月，惟日饮酒。人强使之食，一饭亦尽斗米。体有青毛，未尝令人见。或运气则须发直立，溺能过屋。治病以水不以药。教人行孝悌仁义。

有狂生马存，随之数日。先生云："汝于吾何求？"存曰："某留心炉火有日矣，终未有所成就，愿先生略言大概。"先生始则仰面长叹，终则俯首责存曰："子家货不啻千万，金玉堆积，贯朽于库，粟陈于仓。

汝日食不过数盂,身衣不过盈匹,尚不知足,子无厌之心可知也。有奸者绐汝曰:'得大药,烧异物为黄金,用以为饮器,则神仙可学也。'乃诳者之私言,非通人之至论。昔钟离、吕洞宾初学道,有人谓之云:'当得助道之术,我有术,用药煮铜为银。'仙翁曰:'有变乎?'其人曰:'后五百年乃变,归其元。'仙翁曰:'吾不学,恐误五百年后人。'自是名藏真府,迄今为地仙。"存再拜乃去。

先生今多在华山。

马　大　夫　传记大夫忠义骂贼

向时军寇王则以异术惑众,一旦蚁聚,盗据彼州。时贾侍中镇北门,日夜忧虑。自度边城矹立,固若石壁,卒不可破,攻之则劳日月。急引兵环之,未有破取之计。有从行指呼吏马君璧曰:"城坚池深,虽万卒不可力取。愿得侍中一言,当入其城,伺其便,手杀元凶,他皆可说而降也。"侍中大喜,临砌遣之,丁宁告戒曰:"壮士立功,在此一举。"

马君至城,浮渡河水,呼守城者,俱睡。乃束身上城,见军贼,与之对坐,首道朝廷恩信:"吾奉侍中旨,君今束手出城,侍中为请于朝,君亦不失五品官,一生富贵。若更托迷,天子诏一将提兵数万,昼夜兼攻,子之身膏剑戟,肉喂狗彘。"言甚悄直,贼颇迟疑,不应。君知贼终不听,乃复曰:"吾受侍中密旨,他人不可闻,愿辟左右。"领兵救至,乃引马君去而杀之。

议曰:马君真壮士也,惜乎不持寸铁,入危贼若入其家,而无取悍。志虽不就,子孙嗣蒙显赏,功书竹帛,亦足垂名万世。勇哉!

僧　卜　记张圭与马存问卜

庆历年,钱塘张圭调官都下,多与里人马存往还。存亦待缺。中铨之日,两人同游都门外古寺。时有一僧坐户门,衰朽特异,闭目拱手,默然而坐。

圭与存亦在其旁。不久僧开目揖存、圭，复坐。圭与存议曰："久客都下，未有所及。"各嗟叹。僧曰："子二人欲知食禄之地乎？"圭、存曰："然。"僧曰："吾为子作卦兆之。"圭、存极喜。三人环坐，僧乃探怀出皂囊，中有算竹及大钱十六文。僧以钱叠作浮屠，命圭以手触之，钱散于地。僧乃俯而观焉。又取钱如前叠之，命存以手触之，僧复观焉。曰："张君乃溃卦，东至泰山则可，西至华山路塞。马君乃散卦也，南至大庾有路，北至嵩岳无缘。张则一幕盖天，马则一尾扫地。"圭曰："《易》中无溃、散二卦。"僧曰："此乃焦贡《易林》言也。"俄雨作，僧曰："老僧笠子在殿后，去取之。"乃入殿后不出。圭、存乃入殿后寻之，但见凝尘满地，又无人迹。出询寺僧，云："此寺只一僧，无衰老者。"两人愕然，共记其言。然圭授筠州推官，存授瑞州高安县尉。圭至筠州，以受贿败归去。存到瑞州，为侬贼荡杀。所云"张一幕盖天，存一尾扫地"之应也。彼僧之卦兆也，何先知之审欤！

青琐高议别集卷之一

西 池 春 游 侯生春游遇狐怪

侯诚叔，潭州人，久寓都下，惟以笔耕自给。□古年有都官与生有世契，诚叔得庇身百司，复从巨位出镇，获补□武，乃授临江军市□。是时年二十八岁，尚未婚，虽媒妁通好，犹未谐。

一日，友人约游西池。于时小雨初霁，清无纤尘，水面翠光，花梢红粉，望外楼台，疑中箫管，春意和煦，思生其间。诚叔与友肩摩迤逦步长桥，远□一妇人从小青衣独游池西，举蒙首望焉。其容甚冶，诚叔亦不致念。翌日，又同友人游焉。步至桥中，前妇人复于故处。诚叔默念：池西游人多不往，彼妇人独步而望，固可疑。将往从之，逼友人弗克如意。日西倾，将出池门，小青衣呼诚叔云："主妇遗子书。"诚叔急怀之以归。视之，乃诗一首也。诗云：

> 人间春色多三月，池上风光直万金。
>
> 幸有桃源归去路，如何才子不相寻？

复云："后日相见于旧地。"诚叔爱其诗，但字体柔弱，若五七岁小童所书。

又如期而往，遇于池畔。诚叔偷视，乃西子之艳丽，飞燕之腰肢，笑语轻巧，顾视□诚叔□□□□池上复游西岸，诚叔问其姓，则云："妾姓独孤，家居都北，异日欲邀君子相过。"迤逦又还池西□步，复以书一封投诚。书云："今日有中表亲姻约于池上，不得款邀，其余更俟他日。"诚叔归视其书，亦诗也。诗曰：

> 几回独步碧波西，自是寻君去路迷。
>
> 妾已有情君有意，相携同步入桃溪。

后日复□相遇，乃去。

翌日大风雨稍霁，诚叔□骑去，去泥泞尤甚，池门阖关无人。诚叔意思索寞，将回，有人呼生，回顾，乃向青衣。女曰："今日泥雨，道远不通车骑，有诗与君。"观之，即诗也：

> 春光入水到底碧，野色随人是处同。
>
> 不得殷勤频问妾，吾家只住杏园东。

青衣寻去，不复有异日之约。生恋恋。

他日复游，杳不可见，云平天晚，生意愈不足，乃回。将出池门，向青衣复遗诚叔书云："妾住桃溪杏圃之间，花时烂漫，无足可爱。或风月佳夕，弟妹燕集，未始不倾凤结相思。与郎遇，逼父母兄弟邻里，莫得如意，异日君出都门，当遂披对。弛皆一侍者通道委曲。"青衣曰："君某日出酸枣门，西北去，有名园景物异处，乃我家也。我至日以俟君于柳阴之下。"

生如期往焉。出都门数里，果见青衣。同行十余里，青衣指一处，花木茂甚。青衣邀生入于其中，乃酒肆，青衣与生共饮。青衣曰："君且待之。娘子以父母兄弟，又与朱官家比邻，昼不可至，君宜待夜。"生与青衣徐徐饮以俟夜。

已而颓阳西下，居人合户，青衣乃引诚叔往焉。高门大第，回廊四合，若王公家。生入一曲室，杯皿交辉，宝蜡并燃，帘垂珠线，幕卷轻红。生情意恍惚，与姬对饮。姬云："郊野幽窟，不意君子惠然见临。妾居侍下，兄弟众多，□西善邻，未谐良聚。今日父母远游，经月方回；兄弟赴亲吉席。今日之会，乃天赐之也。"命小僮舞以侑酒。

少选，青衣报云："王夫人来矣。"笑迎夫人曰："虽处邻里，不相见久矣。"夫人曰："知子今日花烛，我乃助喜耳。"生起揖之，夫人亦躬敛谢生。三人共集，水陆并集。夜将半，王夫人云："日月易得，会聚尤难，玉漏催晓，金鸡司晨，笑语从容，更俟他日。"王夫人乃辞去。

生乃与姬就枕，灯火如昼，锦屏双接，玉枕相挨，文绸并寝，帐纱透烛，光彩动人。姬肌滑，骨秀目丽，异香锦衾，下覆明玉，生不意今日得此，虽巫山华胥不足道也。生因询："王夫人何人？□□□色秀美如此。"姬曰："彼帝王家也。"生惊曰："安得居此？"姬曰："今未可道，他日子自知之耳。"是夜各尽所怀。

不久钟敲残月，鸡唱寒村，姬起谓生曰："郎且回，恐兄弟归，邻里

起,郎且不得归矣。不惟辱于郎,且不利于妾。君不忘菲薄,异日再
得侍几席。"生曰:"后会可期也。"姬曰:"当令青衣往告。"姬送生出
门,生回顾,见姬倚门,风袂泛泛,宛若神仙中人。生愈惑,百步十顾,
生犹望焉。

　　生归数日,心益惑乱。自疑:"岂其妖也?"所可验,臂粉仍存,香
在怀抱。后逾月无耗,生乃复至相遇之地,都迷旧路,但□园圃相接,
翠阴环合。乃询人曰:"此有独孤氏居?"卒皆莫有知者。有老叟坐柳
阴下抱蓑笠,生往叩之,且道向所遇之实。叟曰:"此妖怪尔。"生惊。
叟曰:"事虽惊异,亦不至害人,可席地,吾将告子。"叟云:"此有隋将
独孤将军之墓,即不知果是否? 下有群狐所聚。西去百步有王夫人
墓,乃梁高祖子之妻耳。"生覆叟曰:"彼何知其为怪也?"叟云:"向三
十年前,吾闻此怪,多为人妻,夫主至有三十载,情意深密。人或负
之,亦能报人。"生曰:"此怪独孤之鬼乎?"叟曰:"非也,独孤死已数百
年,安得鬼? 此乃群狐耳。吾今九十岁矣,所见狐之为怪多矣。今若
此狐能幻惑年少。向一田家子年少,身姿雅美,彼狐与之偶,逾岁,生
一子,归田家,夜则乳其子,昼则隐去。后家人恶之,伺其便,以刃伤
其足,乃不复来。"叟以手抚生背曰:"子听之。子若不能忘情,与之久
相遇则已;子若中变,□不测,虽不能贼子之命,亦有后患耳。"生曰:
"彼狐也,以情而爱人,安能为患?"叟曰:"此狐吾见之,莫知其几百岁
也。智意过人,逆知先事。有耕者耕坏冢,见老狐凭腐棺而观书,耕
者击之而夺其书,字皆不可识,经日复失之,不知其何书。此狐善吟
诗,能歌唱伎艺□不能者。子过厚,彼亦依于人也,但恐子□□即报
子矣。吾见兹怪已七八十年矣,不知吾未生之前为怪又不可知也。"
叟亦扶杖而归,生亦归所居。

　　生日夜思慕其颜色,欲再见之,有如饥渴。时方盛热,生出,息于
厅廊下,猛见青衣复携书至,生遽起启封而观焉,乃一诗也,其词云:

　　　　睽违经月音书断,君问田翁尽得因。沽酒暗思前古事,郑生
　　的是赋情人。

生见青衣慧丽,颜色亦甚佳,乃云:"随我至室。"意将为诗谢姬。青衣
既入室,生则强之,青衣拒曰:"非敢僭也,但娘子性不可犯,□□妾当

死矣。岂可顺君子之意，因一欢而巧言百端？"生固不听。青衣弱力
不能拒生，久之乃去。出门谢生曰："辱君子爱慕，非敢惜也，第恐此
后不见郎也。"挥泪而去。复回，谓生曰："郎某日至某园中，北有高陵
丛墓处，子必见姬也。"

　　生至日，至其所约之处，阒不见人。时盛暑，生乃卧木阴下熟寐。
既起，则日沉天暗，宿鸟投林，轻风微发，暮色四起。惊喧欲回，念都
门已闭。俄有人出于林后，生视之，乃姬也。且喜且问："君何舍我久
乎？"姬至一处，云："此妾之别第也。"携生同往。姬谢云："妾之丑恶，
君已尽知，不敢自匿，故图再见。"姬俯首愧谢，玉软花羞，鸾柔凤倦，
生为之怆然，曰："大丈夫生当眠烟卧月，占柳怜花，眼前长有奇花，手
内且将醇酎，则吾无忧矣。"于是高烛促席，酌玉醴献酬，吐盟辞固远
挽松筠，近祝神鬼。是后与姬昼燕夜寐，凡十日。

　　姬云："君且归数日，妾亦从君游。君为择一深院清洁，比屋无异
类，盖君子居必择邻。"是夜又置酒，不久侍者报云："夫人至。"生益
喜。三人共坐。生询云："夫人何故居此？"夫人愁惨吁嗟，久方曰：
"妾非今世人。妾朱高祖中子之妇也。妾妇人，高祖掠地见妾，得为
妇。"生曰："某长观《五代史》，高祖事丑，史之疑也，实有之。"夫人容
貌愈愧，若无所容。久方曰："高祖之丑声传千古，至于今日，妾一人
安能独讳之？妾自入宫，最承顾遇，妾深抗拒，以全端洁。高祖性若
狼虎，顺则偷生，逆则速死。高祖自言：'我一日不杀数人，则吾目昏
思睡，体倦若病。'高祖病，妾侍帝，高祖指妾云：'其玉玺，吾气才绝，
汝急取之，与夫作取家，□勿与之。友生逆物，吾誓勿与。'时友生妇
屏外窃听，归报友生云：'大家已将传国玺与五新妇，我等受祸非晚
也。'翌日，友生携白刃上殿。时帝合目偃卧，妾急呼帝云：'友生将
不利于陛下。'帝遽起。帝亦常致刀于床首，时求之不获，不知何人窃
之也。帝甚急，以银瓶掷友生，不中。帝骂曰：'尔与吾父子，辄敢为
大逆也！吾死，子亦亡矣。'帝云：'吾杀此贼不早，故有今日之祸。'
友生母曰：'我子乃以缓步迟尔！'急逐帝，帝大呼求救，绕柱而走。
时帝被单，友生逆斩帝腹，肠胃俱堕地。帝口含血喷友生盈面，友生
乃退。帝自以肠胃内腹中，久方仆地。友生为血所噀，神色都丧，乃

下殿呼其兵。宫中大乱,高祖惟用紫褥裹之。友生杀君父死如此,友生非天地之所容也。吁!高祖本巢贼之余党,不识□□度宫□□浊乱□自贻大祸,今日思之,亦阴报也。妾亲见逼唐昭宗迁都,皇后乳房方数日,昭宗亲为诏请高祖,高祖不从,昭宗竟行。帝所为他皆类此。"侍儿进曰:"异代事言之令人忿恨。"乃作乐纵酒。夜半,王夫人去。及晓,生乃归。

姬复曰:"子急试第,我将往焉。"生幽居数日,姬先来。姬装囊最厚,生暖愈温。生久寓都辇,至起官费用,皆姬囊中物。姬随生之官,治家严肃,不喜揉杂,遇奴婢亦有礼法,接亲族俱有恩爱。暇日论议,生有不直,姬必折之。生所谓为,必出姬口,虽毫发必询于姬。所为无异于人,但不见姬理发组缝裳。姬天未明则整发结髻,人未尝见。三牲五味茶果,姬皆食,惟不味野物。饮亦不过数盂,辞以小□,他皆无所异。姬凡适生子,不数日辄失之。

前后七年,生甫补官都下,有故游相国,遇建龙孙道士,惊曰:"生面异乎常人。"生曰:"君何以言也?"孙曰:"凡人之相,皆本二仪之正气,高厚之覆载。今子之形,正为邪夺,阳为阴侵,体之微弱,唇根浮黑,面青而不荣,形衰而靡壮,君必为妖孽所惑。子若隐默不觉乎非,必至于死也。人之所以异于人者,善知性命之重,礼义之尊。今子绐惑异物,非知性命者也;惑此邪妖,非尊礼义者也。吾将见之尸卧于空郊矣。"生闻其论甚惧,但诺以他事,不言其实。

生归,意思不足,姬诘之,生对以道士之言。姬笑曰:"妖道士之言,乌足信也。我以君思我甚厚,不能拒君,故子情削。"姬出囊中药令生服。后月余,复见孙道士。孙惊曰:"子今日之容,气清形峻,又可怪也。"生答以服姬之剂若此。孙云:"妖惑人也,吾子不知也。"

生一日告姬云:"吾欲售一嬖妾,足以代子之劳。"姬不唯。生请甚坚。姬曰:"先青衣,子尝犯之,吾已逐之海外。子若售妾,吾亦害之。"由是生乃止。

生有舅家南阳,甚富,不与会十余年,生欲往谒之。乃别姬云:"吾往不过逾月,子但端居掩户。"姬泪别生曰:"子慎无见新而忘故,重利而遗义。"生至邓,舅极喜。南阳太守乃生之主人,生见之。太守云："子久待阙都下，吾此正乏一官，令子补填之。"太守乃飞章申请。舅暇日询曰："汝娶未？"生答云："已娶矣。""何氏族姓？"生则顾舅而言他。舅亦疑矣。他日会其妻诘生，生乘醉道其实。舅责生曰："汝，人也，其必于异类乎？"乃为生娶郝氏。郝大族，成婚之期，生尤慰意。

不久，生受邓之官，生乃默遣人持书谢姬。后为书与生云："士之去就，不可忘义；人之反覆，无甚于君。恩虽可负，心安可欺？视盟誓若无有，顾神明如等闲。子本穷愁，我令温暖。子口厌甘肥，身披衣帛。我无负子，子何负我？吾将见子堕死沟中，亦不引手援子。我虽妇人，义须报子。"

生后官满，挈其妻治家于汝海，独出京师。蒙远出，生被命广州抽兵。生数日后，忽有仆持书授郝氏，开书乃夫之亲笔，云："吾已蒙广州刺史举授此州兵官，汝可火急治行。"妻询其仆，云："生令郝氏自东路洪州来。"郝氏乃货物市马而去。生在广，复得郝氏书，乃郝之亲笔，云："我久卧病，必死不起，君此来即可相见，不然，乃终天之别。我已遣兄荆州待子，君当由此途来。"生自广急归，至京，不见郝氏；郝氏至广，不见生。后年□，方复聚于京师。生与郝氏大恸，家资荡尽。

一日，生与郝氏对坐，有人投书于门，生取观之，云："暂施小智，以困二人。今子之情深，乃可惜之寥落也。"书尾无名氏，生知姬所为也。

后一年，郝氏死，生亦失官，风埃满面，衣冠褴褛。有故出宋门，见轻车驾花牛行于道中，有揭帘呼生曰："子非侯郎乎？"生曰："然。"姬曰："吾已委身从人矣。子病贫如此，以子昔时之事，我得子，顾尽人不能无情。"乃以东□钱五缗遗生，曰："我不敢多言，同车乃良人之族也，千万珍重。"

议曰：鬼与异类，相半于世，但人不知耳。观姬之事一何怪？余幼年时，见田家妇为物所惑，□□妆饰言笑自若，夜则不与夫共榻，独卧，若切切与人语。禁其梳饰，则欲自尽，悲泣不止。其家召老巫治之。巫至，则曰："此为狐所惑，□邻家犬作媒。"乃以柳条□却犬，犬伏禁所。又为坛以治妇。少选，一狐噪于屋后，巫乃为一火轮坐其上，而旋其轮，妇及犬恐而走，百步乃止。虽有之，惟姬与生之事为如此之极也。

青琐高议别集卷之二

谭　意　歌记英奴才华秀色

谯郡秦醇子复

谭意歌，小字英奴，随亲生于英州。丧亲，流落长沙，今潭州也。年八岁，母又死，寄养小工张文家。文造竹器自给。

一日，官妓丁婉卿过之，私念：苟得之，必丰吾屋。乃召文饮，不言而去。异日复以财帛赆文，遗颇稠叠。文告婉卿曰："文廛市贱工，深荷厚意，家贫，无以为报。不识子欲何图也？子必有告，幸请言之，愿尽愚图报，少答厚意。"婉卿曰："吾久不言，诚恐激君子之怒。今君恳言，吾方敢发。窃知意哥非君之子，我爱其容色，子能以此售我，不惟今日重酬子，异日亦获厚利。无使其居子家，徒受寒饥。子意若何？"文曰："文揣知君意久矣，方欲先白。如是，敢不从命？"是时方十岁，知文与婉卿之意，怒诘文曰："我非君之子，安忍弃于娼家乎？子能嫁我，虽贫穷家所愿也。"文竟以意归婉卿。

过门，意哥大号泣曰："我孤苦一身，流落万里，势力微弱，年龄幼小。无人怜救，不得从良人。"闻者莫不嗟恸。婉卿日以百计诱之，以珠翠饰其首，轻暖披其体，甘鲜足其口，既久益勤，若慈母之待婴儿。辰夕浸没，则心自爱夺，情由利迁，意哥忘其初志。未及笄，为择佳配。肌清骨秀，发绀眸长，黄手纤纤，宫腰搦搦，独步于一时。车马骈溢，门馆如市。加之性明敏慧，解音律，尤工诗笔，年少千金买笑，春风惟恐居后。郡官宴聚，控骑迎之。

时运使周公权府会客，意先至府，医博士及有故至府，升厅拜公。及美髯可爱，公因笑曰："有句子能对乎？"及曰："愿闻之。"公曰："医士拜时须拂地。"及未暇对答，意从旁曰："愿代博士对。"公曰："可。"意曰："郡侯宴处幕侵天。"公大喜。意疾既愈，庭见府官，多自称诗酒于刺。蒋田见其言，颇笑之，因令其对句，指其面曰："冬瓜霜后频添粉。"意乃执其公裳袂,对曰:"木枣秋来也著绯。"公且愧且喜,众口嚍然称赏。魏谏议之镇长沙,游岳麓时,意随轩。公知意能诗,呼意曰:"子可对吾句否?"公曰:"朱衣吏引登青障。"意对曰:"红袖人扶下白云。"公喜,因为之立名文婉,字才姬。意再拜曰:"某微品也,而公为之名字,荣逾万金之赐。"刘相之镇长沙,云一日登碧湘门纳凉,幕官从焉。公呼意对,意曰:"某贱品也,安敢敌公之才? 公有命,不敢拒。"尔时迤逦望江外湘渚间,竹屋茅舍,有渔者携双鱼入修巷。公相曰:"双鱼入深巷。"意对曰:"尺素寄谁家。"公喜,赞美久之。他日,又从公轩游岳麓,历抱黄洞望山亭吟诗,坐客毕和。意为诗以献曰:

> 真仙去后已千载,此构危亭四望赊。
>
> 灵迹几迷三岛路,凭高空想五云车。
>
> 清猿啸月千岩晓,古木吟风一径斜。
>
> 鹤驾何时还古里? 江城应少旧人家。

公见诗愈惊叹,坐客传观,莫不心服。公曰:"此诗之妖也。"公问所从来,意哥以实对,公怆然悯之。意乃告曰:"意入籍驱使迎候之列有年矣,不敢告劳。今幸遇公,倘得脱籍,为良人箕帚之役,虽必谢。"公许其脱。异日,诣投牒,公诺其请。意乃求良匹,久而未遇。

会汝州民张正宇为潭茶官,意一见,谓人曰:"吾得婿矣。"人询之,意曰:"彼风调才学,皆中吾意。"张闻之,亦有意。一日,张约意会于江亭。于时亭高风怪,江空月明;陁帐垂丝,清风射牖,疏帘透月,银鸭喷香;玉枕相连,绣衾低覆,密语调簧,春心飞絮;如仙蕊之并蒂,若双鱼之同泉;相得之欢,虽死未已。翌日,意尽挈其装囊归张。有情者赠之以诗曰:

> 才色相逢方得意,风流相遇事尤佳。
>
> 牡丹移入仙都去,从此湘东无好花。

后二年,张调官,复来见,□乃治行,饯之郊外。张登途,意把臂嘱曰:"子本名家,我乃娼类,以贱偶贵,诚非佳婚。况室无主祭之妇,堂有垂白之亲,今之分袂,决无后期。"张曰:"盟誓之言,皎如日月,苟或背此,神明非欺。"意曰:"我腹有君之息数月矣,此君之体也,君宜念之。"相与极恸,乃舍去。意闭户不出,虽比屋莫见意面。

既久,意为书与张云:

　　阴老春回,坐移岁月。羽伏鳞潜,音问两绝。首春气候寒热,切宜保爱。逆旅都辇,所见甚多。但幽远之人,摇心左右;企望回辕,度日如岁。因成小诗,裁寄所思。兹外千万珍重。

其诗曰:

　　潇湘江上探春回,消尽寒冰落尽梅。

　　愿得儿夫似春色,一年一度一归来。

逾岁,张尚未回,亦不闻张娶妻。意复有书曰:

　　相别入此新岁,湘东地暖,得春尤多。溪梅堕玉,槛杏吐红;旧燕初归,暖莺已啭。对物如旧,感事自伤。或勉为笑语,不觉泪泠。数月来颇不喜食,似病非病,不能自愈。孺子无恙,意子年二岁。无烦流念。向尝面告,固匪自欺。君不能违亲之言,又不能废己之好,仰结高援,其无□焉。或俯就微下,曲为始终,百岁之恩,没齿何报? 虽亡若存,摩顶至足,犹不足答君意。反覆其心,虽秃十兔毫,磬三江楮,亦不能□兹稠叠,上浼君听。执笔不觉堕泪几砚中,郁郁之意,不能自已。千万对时善育,无或以此为至念也。短唱二阕,固非君子齿牙间可吟,盖欲摅情耳。

曲名《极相思令》一首:

　　湘东最是得春先,和气暖如绵。清明过了,残花巷陌,犹见秋千。　　对景感时情绪乱,这密意、翠羽空传。风前月下,花时永昼,洒泪何言?

又作《长相思令》一首:

　　旧燕初归,梨花满院,迤逦天气融和。新晴巷陌,是处轻车轿马,禊饮笙歌。旧赏人非,对佳时,一向乐少愁多。远意沉沉,幽闺独自颦蛾。　　正消黯无言,自感凭高远意,空寄烟波。从来美事,因甚天教两处多磨? 开怀强笑,向新来宽却衣罗。似凭他人怀憔悴,甘心总为伊呵!

张得意书辞,情悰久不快,亦私以意书示其所亲,有情者莫不嗟叹。张内逼慈亲之教,外为物议之非,更期月,亲已约孙贲殿丞女为姻。定问已行,媒妁素定,促其吉期,不日佳赴。张回肠危结,感泪自零;

好天美景，对乐成悲；凭高怅望，默然自已。终不敢为记报意。逾岁，意方知，为书云：

> 妾之鄙陋，自知甚明。事由君子，安敢深扣？一入闺帏，克勤妇道，晨昏恭顺，岂敢告劳？自执箕帚，三改岁□，苟有未至，固当垂诲。遽此见弃，致我失图；求之人情，似伤薄恶；揆之天理，亦所不容。业已许君，不可贻咎。有义则企，常风服于前书；无故见离，深自伤于微弱。盟顾可欺，则不复道。稚子今已三岁，方能移步，期于成人，此犹可待。妾囊中尚有数百缗，当售附郭之田亩，日与老农耕耨别穰，卧漏复垒，凿井灌园。教其子知诗书之训，礼义之重，愿其有成，终身休庇妾之此身，如此而已。其他清风馆宇，明月亭轩，赏心乐事，不致如心久矣。今有此言，君固未信，俟在他日，乃知所怀。燕尔方初，宜君子之多喜；拔葵在地，徒向日之有心。自兹弃废，莫敢凭高。思入白云，魂游天末。幽怀蕴积，不能穷极。得官何地？因风寄声。固无他意，贵知动止。饮泣为书，意绪无极。千万自爱。

张得意书，日夕叹怅。

后三年，张之妻孙氏谢世，湖外莫通信耗。会有客自长沙替归，遇于南省书理间，张询客意哥行没，客抚掌大骂曰："张生乃木人石心也，使有情者见之，罪不容诛。"张曰："何以言之？"客曰："意自张之去，则掩户不出，虽比屋莫见其面。闻张已别娶，意之心愈坚。方买郭外田百亩以自给，治家清肃，异议纤毫不可入。亲教其子，吾谓古之李住满女，不能远过此。吾或见张，当唾其面而非之。"张惭恧久之，召客饮于肆，云："吾乃张生。子责我皆是，但子不知吾家有亲，势不得已。"客曰："吾不知子乃张君也。"久乃散。张生乃如长沙。

数日既至，则微服游于市，询意之所为。言意之美者不容刺口。默询其邻，莫有见者。门户潇洒，庭宇清肃。张固已恻然。意见张，急闭户不出。张曰："吾无故涉重河，跨大岭，行数千里之地，心固在子，子何见拒之深也？岂昔相待之薄欤？"意云："子已有室，我方端洁以全其素志。君宜去，无浼我。"张云："吾妻已亡矣。曩者之事，君勿复为念，以理推之可也。吾不得子，誓死于此矣。"意云："我向慕君，忽遽入君之门，则弃之也容易。君若不弃焉，君当通媒妁，为行吉礼，然后□敢闻命。不然，无相见之期。"竟不出。张乃如其请，纳彩问名，一如秦晋之礼焉。事已，乃挈意归京师。

意治闺门，深有礼法，处亲族皆有恩意。内外和睦，家道已成。意后又生一子，以进士登科，终身为命妇。夫妻偕老，子孙繁茂。呜呼！贤哉！

青琐高议别集卷之三

越　娘　记梦托杨舜俞改葬

钱希白内翰

杨舜俞,字才叔,西洛人也。少苦学,颇有才。家贫,久客都下,多依倚显宦门。念乡人有客蔡其姓者,将往省焉。舜俞性尤嗜酒,中道于野店,乃行。居人曰:"前去乃风楼坡也,其间六十里,今日已西矣,其中亦多怪,不若宿于此。"舜俞方乘醉曰:"何怪之有?"鞭驭而去。

行未二十里,则日已西沉,四顾昏黑,阴风或作,愈行愈昏暗,不辨道路。舜俞酒初醒,意甚悔恨,亦不知所在焉,但信马而已。忽远远有火光,舜俞与其仆望火而去。又若行十数里,皆荆棘间,狐兔呼鸣,阴风愈恶。方至一家,惟茅屋一间,四壁阒无邻里。叩户久,方有一妇人出,曰:"某独此居,又屋室隘小,无待客之所。"舜俞曰:"暮夜昏暗,迷失道路,别无干浼。但憩马休仆,坐而待旦。"妇人曰:"居至贫,但恐君子见,亦不堪其忧也。"乃邀舜俞入。室了无他物,惟土榻而已,无烟爨迹。视妇人衣裾褴褛,灯青而不光,若无一意。妇人又面壁坐不语。

舜俞意徘徊不乐,乃遣仆在外求薪,构火环而坐。乃召妇人共火,推托久,方就坐。熟视,乃出世色也。脸无铅华,首无珠翠,色泽淡薄,宛然天真。舜俞惊喜,问曰:"子何故居此?"妇人云:"妾之始末,皆可具道。长者留问,不敢自匿。妾本越州人,于氏。家初丰足,良人作使越地,妾见而私慕之,从伊归中国,妾乃流落此地。"舜俞曰:"子之夫何人也,而使子流落如此?"妇人容色凄怆,若不自胜,曰:"妾非今世人,乃后唐少主时人也。妾之夫奉命入越取弓矢,将妾回。良人为偏将,死于兵。时天下丧乱,妾为武人夺而有之。武人又兵死,妾乃髡发,以泥涂面,自坏其形,欲窜回故乡。昼伏夜行,至此又为群盗胁入古林中,执爨补衣。数日,姜不忍群盗见欺,乃自缢于古木,群盗乃哀而埋之于此。不知今日何代也。烟水茫茫,信耗莫问,引领乡原,目断平野,幽沉久埋之骨,何日可回故原?”舜俞曰:“当时子试言之。”曰:“所言之事,皆妾耳目闻见;他不知者,亦可概见。当时自郎官以下,廪米皆自负,虽公卿亦有菜色。闻宫中悉衣补完之服,所赐士卒之袍裤,皆宫人为之。民间之有妻者,十之二三耳。兵火饥馑,不能自救,故不暇畜妻子也。谷米未熟则刈,且虑为兵掠焉。金革之声,日暮盈耳。当是时,父不保子,夫不保妻,兄不保弟,朝不保暮。市里索寞,郊坰寂然,目断平野,千里无烟。加之疾疫相仍,水旱继至,易子而屠有之矣,兄弟夫妇又可知也。当时人诗云:

> 火内烧成罗绮灰,九衢踏尽公卿骨。

古语云:‘宁作治世犬,莫作乱离人。’”复流涕曰:“今不知是何代也?”舜俞曰:“今乃大宋也。数圣相承,治平日久,封疆万里,天下一家。四民各有业,百官各有职,声教所同,莫知纪极。南逾交趾,北过黑水,西越洮川,东止海外,烟火万里,太平百余年。外户不闭,道不拾遗,游商坐贾,草行露宿,悉无所虑。百姓但饥而食,渴而饮,倦而寝,饮酒食肉,歌咏圣时耳。”妇人曰:“今之穷民,胜当时之卿相也。子知幸乎?”

舜俞爱其敏慧,固有意焉。命仆囊中取笺管,作诗为赠,意挑之也。诗云:

> 子是西施国里人,精神婉丽好腰身。
> 拨开幽壤牲丹种,交见阳和一点春。

妇人曰:“知雅意不可克当,其余款曲,即俟他日。今夕之言,愿不及乱。”复曰:“妾本儒家,稍知书艺,至今吟咏,亦尝究怀。君子此过,室若悬磬,既无酒醴,又无肴馔,主礼空疏,令人愧腼。君子有义,不责小礼,敢作诗摅幽怀忿恨,君子无诮焉。”口占诗曰:

> 欲说当时事,君应不喜闻。军兵交战地,骨血践成尘。兵革
> 常盈耳,高低孰保身?变形归越国,中道值凶人。执役无辞苦,
> 遭欺愿丧身。沉魂惊晓月,寒骨怯新春。狐兔为朋友,荆榛即四
> 邻。君能挈我去,异日得相亲。

舜俞见诗,尤爱其才。复曰:"妾之骨,幽埋莫知岁月,君他日复回,如法安葬,羁魂永当依附。"相对终夕,不可以非语犯。将晓,乃送舜俞出门。微笑曰:"杨郎勿负恳托。"舜俞行数步,回顾人与屋俱不见。舜俞神昏恍惚,乃复下马,结草聚土,记其地而去。游蔡复回,乃掘其地,深三尺,乃得骨一具。舜俞以衣裹之,致于箧中,于都西买高地葬焉。其死甚草草,作棺、衣衾、器物、车舆之类如法葬。

后三日,舜俞宿于邸中,一更后有人款扉而入,舜俞起而视,乃越娘也。再拜曰:"妾之朽骨,久埋尘土,无有告诉,积有岁时。不意君子迁之爽垲,孤魂有依,莫知为报。"视衣服鲜明,梳掠艳丽,愈于畴昔。舜俞尤喜动于颜色,乃自取酒市果肴对饮。是夕宿舜俞处,相得欢意,终身未已。将晓,别舜俞曰:"后夜再约焉。"

舜俞备酒果待之,如期而来。酒数行,越娘敛躬曰:"郎之大恩,踵顶何报?妾有至恳,□渎于郎。妾既有安宅,住身亦非晚也。苦再有罪戾,又延岁月。妾此来,欲别郎也。"舜俞惊云:"方与子意如胶漆,情若夫妻,何遽言别?"越娘曰:"妾之初遇郎,不敢以朽败尘土迹交君子下体之欢者,无他,诚恐君子思而恶之也。以君之私我,我之爱君,何时而竭焉?妾乃幽阴之极,君子至盛之阳,在妾无损,于君有伤,此非厚报之德意也。愿止浓欢,请从此别。"舜俞作色云:"吾方眷此,安可议别?人之赋情,不宜若此。"越娘见舜俞不诺,又宿邸中,舜俞申约,自是每夕至矣。数月日,舜俞卧病,越娘昼隐去,夜则来侍汤剂。且曰:"君不相悉,至有此苦。"越娘多泣涕。后舜俞稍安。

一夕,越娘曰:"我本阴物,固有管辖,事苟发露,永堕幽狱,君反欲累之也,向之德不为德矣。妾不再至,君复取其骨掷之,亦无所避。"乃去。自此杳不再来。舜俞日夕望之,既久,一日至越娘墓下大恸曰:"吾不敢他望,但得一见,即亡恨矣。"又火冥财酹酒拜祝。是夕,舜俞宿于墓侧,欲遇之,终不可得。舜俞留园中三夕,复作诗祷于墓前。其诗曰:

> 香魂妖魄日相从,倚玉怜花意正浓。
>
> 梦觉曲帏天又晓,雨消云歇杳无踪。

舜俞神思都丧,寝食不举,惟日饮少酒。形体骨立,容颜憔悴。

虽舜俞思念至深,而越娘不复再见。舜俞恃有德于彼,忿恨至切,乃顾彼伐其墓。适会有道士过而见之,揖舜俞而询其故。舜俞不获已,且道焉。道士止其事,俾不伐。且谓舜俞曰:"子憾此鬼乎?吾为君辱之。"乃削木为符,丹书其上,长数尺,钉墓铮铿有声。道士复长啸,甚清远,闻者肃然。又命舜俞以碧纱覆面向墓。顷之,俄见越娘五木披身,数卒守而棰挞之,越娘号叫。少选,道士会卒吏少止。越娘诟舜俞曰:"古之义士葬骨迁神者多矣,不闻乱之使反受殃祸者焉。今子因其事反图淫欲,我惧罪藏匿不出,子则伐吾墓,今又困于道者,使我荷枷,痛被鞭挞,血流至足。子安忍乎?我如知子小人,我骨虽在污泥下,不愿至此地,自贻今日之困。"涕泣之下,舜俞乃再拜道士,求改其过,而方令去。乃不见。

道士曰:"幽冥异道,人鬼殊途,相遇两不利,尤损于子。凡人之生,初岁则阳多而阴少,壮年则阴阳相半,及老也,阳少而阴多。阳尽而阴存则死。子自壮,气血方刚,自甘逐阴纯异物,耗其气,子之死可立而待。儒者不适于理,徒读其书,将安用也?"舜俞再拜曰:"兹仆之过也。越娘乃仆迁骨于此地,今受重祸,敢祈赦之。"道士笑曰:"子尚有□情,亦须薄谴。"舜俞又拜哀求。道士曰:"与子悯之,罪非彼造。"随即乃引手出墓上符□去。舜俞欲邀留,不顾而行。

后舜俞反复至念,一夕,梦中见越娘云:"子几陷我,蒙君曲换,重有故情,幽冥之间,宁不感恋?千万珍重!"舜俞亦昌言于人,故人多知之。迄今人呼为越娘墓。有情者多作诗嘲之曰:

> 越娘墓下秋风起,脱叶纷纷逐流水。只如明月葬高原,不奈霜威损桃李。妖魂受赐欲报郎,夜夜飞入重城里。幽诉千端郎不听,倾心吐肝犹不止。仙都道士不知名,能用丹书镇幽鬼。杨郎自此方醒然,孤鸾独宿重泉底。

议曰:愚哉舜俞也!始以迁骨为德,不及于乱,岂不美乎?既乱之,又从而累彼,舜俞虽死,亦甘惑之甚也。夫惑死者犹且若是,生者从可知也。后此为戒焉。

青琐高议别集卷之四

张　　浩花下与李氏结婚

张浩，字巨源，西洛人也。荫补为刊正。家财巨万，豪于里中；甲第壮丽，与王公大人侔。浩好学，年及冠，洛中士人多慕其名，贵族多与结姻好。每拒之曰："声迹晦陋，未愿婚也。"第北构圃，为宴私之所。风轩月榭，水馆云楼，危桥曲槛，奇花异草，靡所不有，日与俊杰士游宴其间。

一日，与廖山甫闲坐。时桃李已芳，牡丹未坼，春意浩荡。步至轩东，有方束发小鬟引一青衣倚立。细视乃出世色：新月笼眉，秋莲著脸，垂螺压鬓，皓齿排琼，嫩玉生光，幽花未艳。见浩亦不避。浩乃告廖曰："仆非好色者，今日深不自持，魂魄几丧，为之奈何？"廖曰："以君才学门第，结婚于此，易若反掌。"浩曰："待媒成好，当逾岁月，则我在枯鱼肆矣。"廖曰："但患不得之，苟得之，何晚早为恨。君试以言谲之。"浩乃进揖之，女亦敛容致恭。浩曰："愿闻子族望姓氏。"女曰："某乃君之东邻也。家有严君，无故不得出，无缘见君也。"浩乃知李氏耳。曰："敝苑幸有隟馆，欲少备酒肴，以接邻里之欢，如何？"女曰："某之此来，诚欲见君，今日幸遇，愿无及乱即幸也。异日倘执箕帚，预祭祀之末，乃某之志。"浩曰："若不与俪不偕老即平生之乐，不知命分如何耳。"女曰："愿得一物为信，即某之志有所定，亦用以取信于父母。"浩乃解罗带与之。女曰："无用也，愿得一篇亲笔即可矣。"浩喜询其年月，曰："十三岁。"乃指未开牝丹为题，作诗曰：

迎日香苞四五枝，我来恰见未开时。

包藏春色独无语，分付芳心更待谁？

碧玉蓓中藏蜀锦，东吴宫里锁西施。

神功造化有先后，倚槛王孙休怨迟。

女阅之，益喜曰："君真有才者，生平在君，愿君留意。"乃去。浩自兹
忽忽如有所失，寝食俱废。月余，有尼至，盖常出入浩门者，曰："李氏
致意，近以前事托乳母白父母，不幸坚不诺。业已许君，幸无疑焉。"

至明年，牡丹正芳，浩开轩赏之，独叹。乃剪花数枝，使人窃遗
李，曰："去岁花未坼，遇君于阑畔。今岁花已开，而人未合。既为夫
妻，窃□见，亦非乱也，如何？"李复遣尼曰："初夏二十日，亲族中有适
人者，父母俱去，必挈同行，我托病不往，可于前苑轩中相会也。"浩大
喜，严洁馆宇，预备酒醴以俟。至望后一日，前尼复至，曰："李氏遗君
书。"浩开读，乃词一首，云："昨夜赏月堂前，颇有所感，因成小阕，以
寄情郎。"曲名《极相思》，曰：

　　红疏翠密晴暄，初夏困人天。风流滋味，伤怀尽在，花下风
前。　　　后约已知君定，这心绪尽日悬悬。鸳鸯两处，清宵最
苦，月甚先圆？

至期，浩入苑待至。不久，有红绹覆墙，乃李逾而来也。生迎归
馆。时街鼓声沉，万动俱息，轻幕摇风，疏帘透月。秋水盈盈，纤腰袅
袅，解衣就枕，羞泪成交。浩以为巫山华胥之遇，不过此也。天将晓，
青衣复拥李去。浩诗戏曰：

　　华胥佳梦惟闻说，解佩江皋浪得声。

　　一夕东轩多少事？韩郎虚负窃香名。

不数月，李随父之官，李遣尼谓浩曰："俟父替回，当成秦晋之
约。"李去二载，杳然无耗。及浩叔典郡替回，谓浩曰："汝年及冠未有
室，吾为掌婚。"浩不敢拒。叔乃与约孙氏，亦大族也。方纳采问名，
会李父替回，李知浩已约婚孙。李告父母曰："儿先已许归浩，父母若
更不诺，儿有死而已。"一夕，李不见，父母急寻之，已在井中矣。使人
救之，则喘然尚有余息。既苏，父曰："吾不复拒汝矣。"遣人通好。浩
□□孙自。李曰："自有计。"

一日，诣府陈词曰："某已与浩结姻素定，会父赴官，洎归，则浩复
约孙氏。"因泣下，陈浩诗及笺记之类。府尹乃下符召浩，曰："汝先约
李而复约孙乎？"浩曰："非某本心，叔父之命，不敢拒耳。"尹曰："孙未
成娶，吾为汝作伐，复娶李氏。"遂判曰：

花下相逢,已有终身之约;道中而止,欲乖偕老之心。在人
　情深有所伤,于律文亦有所禁。宜从先约,可绝后婚。
由是浩复娶李氏,二人再拜谢府尹,归而成亲。夫妇恩爱,偕老百年。
生二子,皆登科矣。

王 　榭风涛飘入乌衣国

唐王榭,金陵人。家巨富,祖以航海为业。一日,榭具大舶,欲之
大食国。行逾月,海风大作,惊涛际天,阴云如墨,巨浪走山,鲸鳌出
没,鱼龙隐现,吹波鼓浪,莫知其数。然风势益壮,巨浪一来,身若上
于九天;大浪既回,舟如堕于海底。举舟之人,兴而复颠,颠而又仆。
不久舟破,独榭一板之附又为风涛飘荡。开目则鱼怪出其左,海兽浮
其右,张目呀口,欲相吞噬,榭闭目待死而已。

三日,抵一洲,舍板登岸。行及百步,见一翁媪,皆皂衣服,年七
十余。喜曰:"此吾主人郎也,何由至此?"榭以实对。乃引到其家。
坐未久,曰:"主人远来,必甚馁。"进食,□肴皆水族。月余,榭方平
复,饮食如故。翁曰:"□吾国者必先见君。向以郎□倦,未可往,今
可矣。"榭诺。

翁乃引行三里,过阛阓民居,亦甚烦会。又过一长桥,方见宫室
台榭,连延相接,若王公大人之居。至大殿门,阍者入报。不久,一妇
人出,服颇美丽。传言曰:"王召君入见。"王坐大殿,左右皆女人立。
王衣皂袍,乌冠。榭即殿阶。王曰:"君北渡人也,礼无统制,无拜
也。"榭曰:"既至其国,岂有不拜乎?"王亦折躬劳谢。王喜,召榭上
殿,赐坐,曰:"卑远之国,贤者何由及此?"榭以:"风涛破舟,不意及
此,惟祈王见矜。"曰:"君舍何处?"榭曰:"见居翁家。"王令急召来。
翁至,□曰:"此本乡主人也,凡百无令其不如意。"王曰:"有所须但
论。"乃引去,复寓翁家。

翁有一女,甚美色,或进茶饵,帘牖间偷视私顾,亦无避忌。翁一
日召榭饮,半酣,白翁曰:"某身居异地,赖翁母存活,旅况如不失家,
为德甚厚。然万里一身,怜悯孤苦,寝不成寐,食不成甘,使人郁郁,

但恐成疾伏枕，以累翁也。"翁曰："方欲发言，又恐轻冒。家有小女，
年十七，此主人家所生也。欲以结好，少适旅怀，如何？"榭答："甚
善。"翁乃择日备礼，王亦遗酒肴采礼，助结姻好。成亲，榭细视女，俊
目狭腰，杏脸绀鬓，体轻欲飞，妖姿多态。榭询其国名，曰："乌衣国
也。"榭曰："翁常目我为主人郎，我亦不识者，所不役使，何主人云
也？"女曰："君久即自知也。"后常饮燕，帷席之间，女多泪眼畏人，愁
眉蹙黛。榭曰："何故？"女曰："恐不久睽别。"榭曰："吾虽萍寄，得子
亦忘归，子何言离意？"女曰："事由阴数，不由人也。"

　　王召榭，宴于宝墨殿，器皿陈设俱黑，亭下之乐亦然。杯行乐作，
亦甚清婉，但不晓其曲耳。王命玄玉杯劝酒，曰："至吾国者，古今止
两人，汉有梅成，今有足下。愿得一篇，为异日佳话。"给笺，榭为
诗曰：

　　　　基业祖来兴大舶，万里梯航惯为客。今年岁运顿衰零，中道
　　　　偶然罹此厄。巨风迅急若追兵，千叠云阴如墨色。鱼龙吹浪洒
　　　　面腥，全舟灵葬鱼龙宅。阴火连空紫焰飞，直疑浪与天相拍。鲸
　　　　目光连半海红，鳌头波涌掀天白。桅樯倒折海底开，声若雷霆以
　　　　分别。随我神助不沉沦，一板漂来此岸侧。君思虽重赐宴频，无
　　　　奈旅人自凄恻。引领乡原涕泪零，恨不此身生羽翼！

王览诗欣然，曰："君诗甚好，无苦怀家，不久令归。虽不能羽翼，亦令
君跨烟雾。"宴回，各人作□诗。女曰："末句何相讥也？"榭亦不晓。

　　不久，海上风和日暖，女泣曰："君归有日矣。"王遣人谓曰："君某
日当回，宜与家人叙别。"女置酒，但悲泣不能发言。雨洗娇花，露沾
弱柳，绿惨红愁，香消腻瘦。榭亦悲感。女作别诗曰：

　　　　从来欢会惟忧少，自古恩情到底稀。
　　　　此夕孤帏千载恨，梦魂应逐北风飞。

又曰："我自此不复北渡矣。使君见我非今形容，且将憎恶之，何暇怜
爱？我见君亦有疾妒之情。今不复北渡，愿老死于故乡。此中所有
之物，郎俱不可持去，非所惜也。"令侍中取丸灵丹来，曰："此丹可以
召人之神魂，死未逾月者，皆可使之更生。其法用一明镜致死者胸
上，以丹安于项，以东南艾枝作柱，灸之立活。此丹海神秘惜，若不以

昆仑玉盒盛之,即不可逾海。"适有玉盒,并付以系榭左臂,大恸而别。

王曰:"吾国无以为赠。"取笺,诗曰:

> 昔向南溟浮大舶,漂流偶作吾乡客。
>
> 从兹相见不复期,万里风烟云水隔。

榭辞拜,王命取飞云轩来。既至,乃一乌毡兜子耳。命榭入其中,复命取化羽池水,洒之其毡乘。又召翁妪扶持。榭回,王戒榭曰:"当闭目,少息即至君家。不尔即堕大海矣。"榭合目,但闻风声怒涛,既久,开目,已至其家。坐堂上,四顾无人,惟梁上有双燕呢喃。榭仰视,乃知所止之国,燕子国也。

须臾,家人出相劳问。俱曰:"闻为风涛破舟死矣,何故遽归?"榭曰:"独我附板而生。"亦不告所居之国。榭惟一子,去时方三岁,不见,乃问家人,曰:"死已半月矣。"榭感泣。因思灵丹之言,命开棺取尸,如法灸之,果生。

至秋,二燕将去,悲鸣庭户之间。榭招之,飞集于臂,乃取纸细书一绝,系于尾,云:

> 误到华胥国里来,玉人终日重怜才。
>
> 云轩飘去无消息,泪洒临风几百回。

来春燕来,径泊榭臂,尾有小束,取视,乃诗也。□有一绝云:

> 昔日相逢真数合,而今暌隔是生离。
>
> 来春纵有相思字,三月天南无燕飞。

榭深自恨。明年,亦不来。其事流传众人口,因目榭所居处为乌衣巷。刘禹锡《金陵五咏》有《乌衣巷》诗云:

> 朱雀桥边野草花,乌衣巷口夕阳斜。
>
> 旧时王谢堂前燕,飞入寻常百姓家。

即知王榭之事非虚矣。

青琐高议别集卷之五

蒋　道　传_{蒋道不掘吴忠骨}

蒋道，字勉之，晋州人也。幼好学，多游东蔡间。尝宿陈寨传舍，中夜有人扣户云："前将军吴忠上谒。"道默念：中夜又非相谒时也。疑虑不应，则户忽然自开，有戎衣人年四十余，将见甚纠纠。道急取衣起揖。既坐，道曰："不识将军自何地来守官于此也？"将军忽颜色惨沮，久之，曰："某非今时人焉。欲言之，窃恐惊动长者。知足下儒人，必有全义，有恳烦涴侍者，非敢遽言。"一卒自外携杯皿，陈设酒肴。道起谢曰："行路之人，遽蒙见宴，深为愧悚。"将军曰："且欲延话。"□□□饮。

道曰："将军非今之人，何代也？"将军曰："某即唐之吴少诚之□□□□，姓吴名忠。少诚以同姓之故，忠亦常有战功，尤加恩遇甚□。"□□："尝观《唐书》，自德、顺之朝，强臣据国，擅修守备，务深沟垒，不遵□□□人死子副，兄终弟复，天下四分五裂矣。少诚据有陈蔡之地，□□□强盛，少不如意，则纵兵四劫，邻州极被其害。道观察平原广□□□被山带河，以天下之兵，不能破其国，窃据蔡五十年，兵强□□□谋也。今卒遇将军，愿闻其详。"忠曰："当时不从王命者非少诚□□也。少诚善抚士卒，饮食与士卒最下者同。卒之有疾者，少诚□□命医治之，又亲临存问。有死于兵者，给其葬财，又周其遗□。□□人之长亡没于战，少诚亲哭之。由是士卒咸悦，争先为死。□□□敌，少诚亲执旗鼓，以令军中，故胜多而负少也。后陈有刘□□□有人少诚为二师，据要地，由是不得志。少诚临死，谓其子元济曰：'□死，蔡人以吾之故，必帅子矣。子守吾平日之志，慎勿贪利□□□于朝廷，方今主上明圣，毅然敢为，将相和，汝若有所为，必□□破败吾成业。'少诚乃噬指出血洒地，大言呼元济云：'记取此言。'及少诚死,元济勇而无谋。其后邻郡又请命于朝廷内贼公卿,天子赫怒,选将出师,四面而进。当时有劝,元济怒,力斩言者。官兵压境,元济遣兵分头霸据。忠是时为前锋御陈师,战没于此。忠之骨正于此堂之西间,沉伏数百年,不胜幽滞。子能救吾骨而出,葬之于高原,使我有往生之日,则我当厚报之。"道曰:"如力可成,敢不从教。"又饮。

将至晓,忠曰:"我今与公不得久,幸子□□。"乃以白银数锭、金瓶一只赠道,不久乃去。道欢。谛视瓶,真金也,重数斤。道乃迁入正堂屏西,中夜掘地,寻深数尺,不见其骨。翌日,又求之,不获。道虑其骨在楹壁之下,乃官之传舍,不敢坏其楹壁,乃去。道私心为不足。

一日,客京师,沿汴岸东出宋门,忽有人揖,若旧相识者。并行数步,其人曰:"子忆我乎?"道曰:"君面甚熟,但不记耳。"其人曰:"我陈寨中沉骨之灵也。向以托子,子何负焉?"道曰:"求之两夕,不获乃已。恐在楹壁之下,以官舍不敢以毁坏,乃止。"其人曰:"正在西南楹下,君何不旁穴而求之?□□□不可托,然子无德而受吾白金,吾必取之。"后道卧病,凡百不足,其所得白金,皆非礼用尽。

后道不复敢过陈寨。

骨　偶　记胜金死后嫁宋郎

胡辅,京师人。父祖兄弟皆补名在相府递,其年登仕途甚众。辅妻生一女,曰胜金,方十四岁,精神婉丽,举动端雅。父母爱胜,逾于他女。

一日,方与母对食,瞥然走入房中,切切若与人语言。母呼而询之,但笑而不答,母固疑焉。是夜胜金病,中夜又若与人交语,母蹑足俯而听之,但莫辨其所言。明日即小愈。母诘之,胜金惭赧曰:"五奶昨夜来与我作伐,教我嫁宋二郎。"五奶,乳胜金者也,死已数年。宋二亦与金同年,年少时亦死矣。母但惊忧。

他日,胜金方刺绣,急起入房,母连呼之,即曰:"五奶已将宋二郎来矣。"由是胜金卧疾。召巫禁治之,百术不愈。既久,胜金伏枕,昼夜昏昏似睡,若闻私语。金不食,但饮汤剂耳,形体但皮骨而已,转侧待人。或尔起坐。召其母曰:"我近晓宋郎迎我,登车有期,郎爱我艳妆。"家人为梳掠。既妆成,又求新衣,偃卧乃死。合家悲泣,父母尤甚焉。父乃攒其尸于郭外。众攒高下垒垒,莫知其数,金攒一攒相近,就视,乃宋氏攒也。人皆异之。

议曰:幽鬼之能为能,诚有之矣。夫于白昼凭人也,卒能致人于此,一何怪也?观蒋道、越娘骨体、胜金之事,而君子莫不叹异焉。故其存之也。

董　　遘夜行山寺闻狐精

董遘,字济道,西洛人。好学,有俊才。因故适沂州,夜宿沂境之山寺,寺惟一僧。是夕阴晦,遘明烛而坐。俄闻笑于窗外,步于廊砌,或相呼而语者,或相殴而泣者,复伸手入吾牖,又引石击其门,鬼争物于庖中,枭恶鸣于林外,而鸡唱而息。遘通夜不寐。明日询其僧,僧云:"妖鬼物怪极多,他僧来此,恐惧不能住,至有死者。惟老僧住此数年,始亦甚惧,浸久亦无害。近有客宿此,开户出溺,则为异物夺去。"遘云:"独师能住此,僧有异术乎?"僧云:"无有也,但日诵《金刚经》数卷而已。心不惧亦不能为。"遘乃题诗于壁。诗云:

寺中荆棘老侵云,恶木狰狞野外村。
原上狐狸走白日,水边魑魅立黄昏。
山鬼相呼夜月黑,怪禽恶语向风喧。
挑灯待晓安能寐?一夜惊忧紧闭门。

评曰:深山穷谷,乔林茂草,则异物隐伏其间。遘之宿山寺,为其惊恐,通夕不寐,又可怪也。

张华相 公用华表柱验狐精

晋时，有客舣御沟岸下。夜将半，有人切切语言。客望之，乃一狐坐于华表柱下。狐云："吾今已百岁矣，所闻所见亦已多矣。"曰："将谒丞相张公。"华表柱忽发声云："张华相公博物，汝慎勿去。"狐云："吾意已决。"柱曰："汝去，他日无累老兄。"狐乃去。客为丞相公乃是表亲，不知相公。

一日，见有若士人者谒张公。既坐，辩论锋起，往往异语出于义外。公叹服。私念："此乃秀民，若居于中，岂不闻其名乎？此必怪也。"乃呼吏视之，云："汝为吾平人津岸东南角华表枯木。"其人已变色，少选将至，公命视之，其人惶愧下阶，化为老狐窜去。

客乃出谓公曰："向宿于桥旁，已闻呱呱不□，□□□□入火焚烧柱，而狐何故化去？"公曰："惟怪知怪，惟精知精，兹已百余岁矣。焚其柱，狐□柱之言，其怪乃化去也。"即知狐之为怪，并今日也。

议曰：妖魅之变化，其详论足以感人。自非博物君子，孰能知之？

薛尚书 记灶中猴狲为妖记

薛放尚书为河南刺史，罢郡居京，善治家，旦暮必策杖点检家中。一日晨起，因至厨中，见灶中有妖气惊然。薛怒其爨者不灭灯，置于灶中何也？进前视之，乃则一猴狲子，长六七寸。前有一小台盘子，方圆尺余，盘食品物皆极小而准备。及致灯一盏，有一小猴狲对食。薛大骇异，乃以柱杖刺之，灶虽浅，而尽其杖终不能及。乃命妻子童仆观之，皆莫测其故。猴狲忽使灯置于盘子内，以头顶盘而出灶，如人行。至堂前阶上，复设灯置盘而食，旁若无人。薛怯惧，乃令子孙出外访求术士以禳之。

及出门，忽逢一道士乘马，谓薛子曰："郎君精神仓卒，必有事。某适见此宅有妖气甚盛。某平生所学道术，以济急难，如有事，为郎君除之。"薛子大喜,请至宅,使君端简出迎,妻女等参拜,迎坐于堂中。猴狲见道士亦无惧色。道士□:"□□□积世深冤,今之此来,为祸不浅。"使君与妻子悲泣求请良久。道士曰:"有幸相邀,今当为君除之。然此物终当屈死使君子可解释。"薛曰:"幸得无他,□受屈辱。"道士曰:"此猴狲须将台盘送□上使君头上食方去,可乎?"薛不敢为。妻子皆曰:"此是精怪,安可上头? 愿法师别为一计。"道士曰:"不然,先安盘子放头上,然后令放盘中食可乎?"妻子又曰:"不可。"道士曰:"不尔,无计矣。"薛又哀恳祈良久。道士曰:"家有厨柜子,令使君入于其中,猴狲食其上可乎?"皆曰:"可。"乃取木柜,中施绷经,薛入柜中,闭之。猴狲即带台盘及灯而上,又置之而入。妻子环绕其旁,□忧涕泣。忽失其道士所在,□惊□□求觅之,须臾,猴狲及台盘灯皆不见。□开柜,使君亦不见。举意端立求之,无踪迹,遂具丧服,至日而葬焉。

潭 怪 _{录道士符召溺死人}

潭河韩百录欲开寸金冶□年□决水所注而成池。潭水黑而不流,中深数十丈,每阴风大雨之夜,若有人泣声,白昼人亦不敢捕鱼。一日,有道士过,谓人曰:"其下有屈死女子鬼。"村夫以言诋道士曰:"子之虚言也。"道士曰:"为子见其鬼。"乃探怀出符投水中,俄有披发妇人出焉。见道士,且哀求云:"妾居此四十年,幽沉饥苦,尚未得往生。"道士曰:"汝更有几年?"妇人曰:"十年。"道士又取符书五年字投水,鬼乃再拜。

其潭数年后无怪,迄今钓鱼者往焉。

鬼 籍 _{记竹符图记鬼姓名}

张副枢沔,天圣年有野人探禹穴新书,得《尚书》竹符云:"三年,禹至大陆,水恶上溺,泛艳弥漫,莫得涯涘。波走沙泥,炭谷迁洗,蜿穴上下,推叶林麓,远近昏垫,安民失安。禹命除伯驱蛟于海,窟鬼于山，皆丹书篆字籍鬼物名，石覆之。”

庆历二年，祖莱山东峰石工凿石火灰以给衣食。他日至一异处，气象凄冷，嵓谷昏晦。一方凿石，陷为穴，鬼啸穴中，枭鸣木梢。俄而群鬼出焉，共击石工，工走十里方脱焉。工竟死于家。兹后鬼之怪蔓衍数十里，为后渐少，渔弗敢钓于溪，民不得樵于山。

他日，道者谓人曰：“兹养命乃向鬼怪之所也。”民异道者之言，共谓祷。道士曰：“吾为汝等去之。”道者□升山，逐穴视其篆石焉。倏然群怪□□于穴。既久，复以石覆穴，其后乃绝。

议曰：尧九年水，五行无序，万灵失二，远迩没著，至于昏垫，怪异物杂居民国。禹□命治水，窟鬼于阴山之下，驱异物于四海之外，水复故而民治。工□发其穴，而竟能害工□□而传之后，有好事者能为我广其志。

青琐高议别集卷之六

顿　悟　师遇异僧顿悟生死

　　法师名顿悟，姓蔡，赵州人也。师二十丧妻，日号泣。有老僧诣门求斋，师曰："吾方有丧，日夜号泣，几不可活，子何故求斋也？"僧曰："生者死之恨，死者生之恨，生死存亡，徒先后耳。余知之矣，不复悲矣。"师曰："夫妇之私，死生共处，义均一体，乌不得悲？"僧曰："平生有耳目手足相为用而成一体，汝一旦寸息不续，则分散在地，不相为用，况他人乎？"师乃豁然顿悟，曰："名利得丧，足以伐吾之真宰；爱恶嗜欲，足以乱吾之真性。其生如寄，其死如归。"乃作礼愿役左右。僧乃为师立法名曰顿悟，为师剃度。后因南去往江州东林。
　　一日，知郡王郎中谓师曰："修行子要往天去如何？"师云："会得东来意，即是西归意。"太守云："何人会得？"师云："好日法会得。"太守曰："云之门坦然明白，师之门不密主人。"师云："吾家门户无关闭，入得门时恰似至。"太守知师异人，待以殊礼。师遂辞寺众，入广山结庵而坐。不久，师坐而化，乃留诗于壁。诗云：

　　　　精神若还天，肉骨又还土。上下都还了，此身元是主。惟有
　　一点云，不散还不聚。纵然却还来，未脱寻常母。若更善修日，
　　西方是吾祖。

　　　　评曰：释氏之学，其来尚矣。或者性根迟钝，终身无所得。今观顿悟师因一言半句，即悟至理，固不伟钦！

成　明　师 因渡船悟道坐化

师名成明,姓马,洪州人也。以通经得度。年七十,与师登舟,谓师曰:"请师之行舟。"师笑曰:"此有人。"成明曰:"我闻六祖言:师度得弟子,弟子度师不得。"师喜,知成明异于众。成明一日别师,诗云:

劫火烧成烈焰城,煎熬无计拯众生。

请师少念清凉境,此是西天第一程。

大　眼　师 用秘法师悟异类

大眼师,赵州萧山邑人。幼而不为童子士,多忽坐而言。既落发,则云游天下。自言昼夜不寐,不知师之异。熙宁二年,游京师,寓报慈寺。士君子言有知师者,惟与进士石坚为往还友。

师一日与坚游西池,时士女和会,箫鼓间作,民物憧憧往来。坚与师并坐池上,坚久而自顾,衣冠破弊,仰面吐气。师云:"春时佳景,池上风烟,众人皆乐,子独叹,何也?"坚曰:"我十岁亲友,二十与英俊并游,中间不意家祸继至,资产殆尽,求试有司,无所成就。孑然一身,孤苦无以自立。某人所举,不能加吾之上,而高显仕途。某久俟,不能先众食肥衣轻。"师反顾笑云:"不意子之愚至于此也。孔子,孟子之师也。圣智参乎天地,位不逾陪臣,卒为旅人,身后之名,则与三皇五帝均矣。贫者士之常,死者人之终,修其常以待其终,此士之分也。士之耻衣食之薄,未足与义。此在子术内而子弗悟,况他人。"师乃邀饮于市。既暮,谓曰:"子他日复过吾,将令子知终身举世休咎。"乃散去。

坚择日沐浴见师,乃留坚宿。且曰:"人之出入死生,亦如天之五行,四时循环不绝,故释氏以生死为轮回焉。人之为人,兽之为畜,为虫,为鱼,为鸟,为禽,各有因以至于若是也。人之为人,以数世则皆富贵由命或大贵者是也。或才□人或一两世者,首则人焉,其足或手也异类矣,但世人不知也,非正慧眼莫之见。吾常极九天秘法,用五明水洗目，即皆见世人之异同。子能从吾，吾当令子见也。"师告行，坚送至随州，师云："吾将入深山茂林之域，无人，与虎、豹、罴、鹿为友，子不可从焉。吾许子知轮回生死道，当令子一见也。"乃以九天秘法视之，又令以五明水洗目。

翌日，命坚出游于市，见刺史而下皆无异焉。惟一主簿，人身而虎足。环视市人，人首而异物足者十之八九。复见一女人抱一子，鸡手足而衣小儿之衣，过东市小巷，二鬼跃跳，随一人入于宅，一鬼相随而入，一鬼坐于门。坚迤逦而还，见师云："果如师言。"坚云："彼主簿人身而一虎足何也？"师云："彼三世为人矣，来岁方脱虎足。"坚云："人之首，异物足，或牛，或马，或獐，或猿，或鹿，或熊，何也？"师云："皆宿根之造作，乃前世事，不可卒道。亦若农之植谷则生谷，植麦则生麦焉。苗之秀，有不幸而枯病而死，非天地之不均，乃其根有恶害之也。人亦由是也。"坚云："女人抱子而鸡身，何也？"师云："今人生子，不数年辄失之，彼固未有过恶。凡异类之有一善，亦皆有报焉。教中言：'暂主托化。'乃暂得生于善，死又归之类也。"坚曰："二鬼逐人，何也？"师云："彼人将死之，一鬼入其室，召其魂；一鬼守其门，防家鬼之入救也。"坚云："我恐入轮回中，迷其性，守其路，则转为异物，幸师一决，少救尘骸。"师云："道由道也，坦然可履。由是之焉，可以至都辇，见衣冠之盛，宫阙之美，仁义之善。不入于是，自入于荆榛，蹶而且毙。为行道有义也，非道之罪也。"师云："此外人，非子可知也。劫火方高，业根益著，宜求念清凉，摆撼烦恼，亦至善也。"为诗别坚。诗云：

> 心如一片苗，是苗皆可植。
>
> 莫种亦堆培，莫容荆与棘。

乃入随山，今不复见矣。

自　在　师 与邑尉敷陈妙法

师名自在，姓王，京师人。皇祐年落发，住封丘村寺。性慵，不修寺宇，粪秽堆积。人笑，则云："吾能修心，不能修身；吾能修心，不能扫地。"不修斋供佛持斋腊，由是不为乡人语言。

　　一日，邑尉证下讼，宿于寺。责师不恭，立师庭下，将罪师。师云："吾家教常如是。"尉曰："何以言之？"师云："□其高下，均其贫富，等其贵贱，夷其去就，平其内外，直其趋向，故师常言是法平等，无有高下。"尉知师异焉，乃证之上座。尉曰："师言似有道者，何不修治廊宇，完补佛室，使俗子弟向乎？"师云："吾能治内性而不能治内宇，能修天堂不能修佛堂。今有人，性原积秽，灵台凶狡，虽构天大之阁，纵如云之殿，且将无益焉。"尉乃起再拜。师复为尉敷演百种妙法。翌日，尉去，师题诗于壁，奄然坐亡焉。其诗曰：

　　　　邑尉非常气势豪，因谈真教反称褒。

　　　　吾家微密皆彰露，又往西天去一遭。

用　城　　记记像圆清坐化诗

汉川杜默

　　法师名圆清，姓高，住提韦州用城村院。师为人寡言语，尤不晓禅腊，默坐草堂间。请斋则辞不能，纵往，但饮食而已。亦不诵经，又无歌赞，亦不觉铙钹之类。村民多鄙之，亦为邻僧之所嘲，诸师亦顾。自是民不召师。师惟布衣，亦求化民间。

　　一日，师别邻僧泹里人曰："我明日舍去，又扰子等，故来一相别。"人亦不深信。明日，师奄然端立而化去。远近皆往观焉。有祝师者云："人皆坐而化，师独立，将以此异于众乎？"师乃复坐而化焉。三日后，□出息曰："吾兄来省吾，欲见之，留少语与之，则终天之别也。"兄果入门。

　　邻僧有常所恶师者，谓师曰："师平生未尝斋，经亦不能诵，何缘有此善事？师有法言，今对大众可少留千百之妙，一言以清俗耳，以消尘累。"师云："子所诵结秽之言何也？子试学之。"僧云："莲花不著水，心清净。"又云："无漏果园成佛道，此皆结斋数人也。"师谓僧曰："如莲花不著水，其义如何？"僧云："莲花颜殊异，花中之贵者也。故佛行步则莲花自生，坐则莲花中者也。"师曰："非也。夫莲生于水中，而不著乎水；人生于尘，不染于尘。此其喻世。"师又云："泄漏果园如何?"僧云:"人之修行,贵有终始,则中道废堕,即其果未成也。"师云:"亦非也。夫无漏然后有果焉。漏如器之漏,则不能载物;屋之漏,则不可居;天之漏,则淫雨晦泄,害及粢盛;地之漏,则水脉泛溢,不循故道。人漏若目之漏视,鼻之漏嗅,耳之漏听,口之漏味,心之漏想,性之漏欲,目之漏于五色,心之漏于妄想,鼻之漏于美香,耳之漏于好音,口之漏于佳味,性之漏于爱欲。收其目则内视,回其耳则反听,塞其鼻则无香,平其口则无味,焚其心则无想,茅其性则不流。天地之漏有时焉,其功自成。人之漏无时焉,其身乃坏。无漏之义,如此而已。"僧复云:"师平生未常斋戒,则常住所收,他日有余粮。"师曰:"佛之所以立教之本,禅修行。子既云变易其衣,一褐、一钵、一食、一粥皆吾佛清俭之意,欲学者修心善皆入于寂灭虚淡中也。子之所言,非佛之心,后世传教之误也。子少一食无益于要,多一食无害于善。夫斋为治心之一法耳,清源本正,释子之先行也。"师大开说百千至妙之道,无上至理之门,僧乃作礼焉。

师乃收足敷坐,奄然化去,其真身仍存院中。向惟茅堂数间而已,因师,民竟舍财,今回廊大殿,周环百楹,壮哉!

青琐高议别集卷之七

马　　辅<small>登第应梦乘龙蛇</small>

天圣年中，马辅将御试，梦乘龙飞去，自惟以为吉兆。是年殿下，次举又过省。中夕再梦乘一巨蛇而飞去于空，其去甚疾。辅忧虑，谓人曰："吾向梦跨龙，跨龙犹不利，今乘蛇固可知也。"洎宸廷唱第，先呼龙起，次呼蛇起，又呼马辅，三人相连而不相间。异哉！人之贵也，梦先见于数年之前。

楚　王　门　客<small>刘大方梦为门客</small>

刘大方，维州昌都邑人也。少有豪气，落笔句意遒健，人所叹服。尤嗜酒，凶酗不顾廉耻，人所不为者亦为之，由是士君子不与为交。待罪窜身海上，嗜饮亦盛。

一日晚，醉野店。既醉，临流浣足。一轻舟自水外来，疾若过焉。舟中有人厉声呼大方姓名曰："来日大楚王召子。"大方亦愕然。洎归，中夜后，大方心痛，息吐纳且绵绵，若不可救者。后两日方醒。自言："中夜见介胄吏甚伟，曰：'王召子。'我欲拒，则已为引去。"至一小山，即有宫殿台阁。遂令大方坐室，入报，久不出。大方顾守室兵曰："王何所之，遗客于此久也？"兵云："王与要离方击剑。"大方谓兵曰："王何姓也？"兵曰："子儒者也，还不知有西楚霸王乎？"大方悟楚王项羽也。

少选，中门开，侍从云集。中有一人，长几盈丈。兵曰："此吾主也。"有朱衣吏引大方拜阶上，王亦答之半。既坐，大方偷视王，面色黝赤如紫，长眉方口，目若明水而加圆，顾视若熊虎。王曰："居处荒僻，不合奉邀，辄有少意，当浼视听，未欲便烦侍者，更俟少选。"王命进酒。俄杯盘交错，皿品毕集，声乐作于堂下。王与大方，巨觥献酬，终日不醉。王喜曰："君真吾俦也。"

是夜，王又宴大方于他室。王谓大方曰："余之失意，居此几年，近娶邻国李王故姬为妃，吾乘醉歌之，为其所诉，王者见罪，以文掬吾受过。近令门下一儒者吴轩作书，文字懦弱，颇有脂粉气，令人无意焉。子为作书，如令文意庶几，彼见而且喜，吾苟免微过，奉报匪轻。"大方曰："王者何人也？"王曰："蒋山道君程助也。但少用数十句，明白即佳矣。"大方乃濡毫谓曰：

> 籍，东吴编户，将门遗□；□□□之鹿走，则万国以议争。不意籍不先临官内，倏然见磨缨□，□□□膏，大孽既去，余奸悉□，自谓四海尽归掌握，天下可以指挥。大势难留，已失门中之望；天心不佑，卒□垓下之师。宁战死于乌江，耻独回于吴土。斯民爱惜，庙食存焉。近因娶妃，反招罪戾。非心之故造，实乃狂药之酗人。如蒙贷赦，全赖仙慈。起仰霓旌，不胜恐竦。王见，喜云："正合吾意。"命书吏速写奏进王。于是大方促席间坐，玉斝交飞。有绛衣姬，色甚艳冶，大方数目之，阴以手引其衣，复以余箸赠姬。王大怒，命武士引大方坐砌下，曰："是何狂生，辄敢无礼吾之侍者，意欲窥图，我今杀汝矣。"绛衣姬曰："事方未已，又欲故为罪，安可解也？"王叱姬曰："汝爱此狂奴乎？何庇救也？"王愈怒，声如□虎。

大方方乘酒，气亦壮，可知以理夺。大言曰："昔楚襄王好夜饮，风灭烛，客有引姬衣者，美人断其缨而请于王曰：'有人引妾衣，妾已断其缨。明烛见断缨，乃得引妾衣者。'王曰：'饮人以狂药，责人以正礼，是不可。奈何尊酒之间，而责人乎？'王命坐客俱断缨，然后明烛。史氏书此，为千古之美话。何襄王之大度量容也如此！王召我来作奏上道来免罪咎，□□以酒，我为酒所醉，既醉误焉，非故也。而凌辱壮士，王乃妄人也。"楚王愧赧，自下砌引大方上堂，曰："吾生长于兵，无闻正义。"复置酒高会。

王曰："子言汉所以得，吾所以失，吾将知过焉。"大方曰："王之失有十焉。王之不主关中，其失一也；王之鸿门不杀沛公，其失二也；王之信谗逐去范增，其失三也；王之不攻荥阳，其失四也；王之不仗仁义，其失五也；王之专任暴虐，其失六也；王之得地不封其功，其失七也；王之杀义帝，其失八也；王之听汉计而割鸿沟，其失九也；王之不养锐以待时，回兵力争，其失十也。"王喜曰："子之所言，皆谋之不敏。"王曰："异日烦子居门下，可乎？"大方对以："亲老家远，身居异地，未敢奉许。"王曰："兼子阳寿未终，候子还乡，方去奉召。"大方曰："敢不从命。"王命速送大方回。仍遣绛衣姬送大方。临水登舟，姬笑曰："后期非远，千万自爱。"吏送大方回，呼大方名姓，乃觉。

后大方遇恩回故里。数年，一日见介胄吏控所马云："王令召子。"大方别家人，乃奄然。一何异哉！

大方有诗数篇，吾虽鄙其人，而爱其才，亦爱而知恶、憎而知善之意也，故存之。其诗《咏海》云：

> 沌元初一判，天地此居洼。
> 今古乾坤腹，朝昏日月家。
> 阔疑包地尽，势欲极天涯。
> 誓斩鲸鲵辈，临风按镆铘。

《咏泰山》诗：

> 万古春之主，群山孰可曹？都因敦厚大，不是嶒嵘高。顶衬天池稳，根盘野□牢。坎离分背面，日月转周遭。仙馆鸾朝舞，神亭鬼夜号。云来诸夏雨，风去百川涛。东渭藏阴重，西秦抱势豪。龙蛇藏隙穴，草木立毫毛。陕谷三升土，黄河五尺壕。誓登临日观，直下钓灵鳌。

《病虎行》歌：

> 海北愁云无从裂，风如追兵雪如撒。哀者老虎病无力，百尺泉源都冻绝。山中牛羊竟不来，牙爪寂寂伤饥渴。万里兵刃色惨凄，獐娇鹿倨豺狼悦。安得肉食复如初？平地纷纷羽毛血。一吼千年白日寒，群兽幽忧心骨折。如今缠病未能兴，长戈硬弩无相杀。世上青山不敢生，青山尽是狐狸穴。

议曰：良贾深藏若虚，君子盛德，容貌若愚。大方之才，亦可爱赏，不克负荷，竟残其躯，破其美名，不得齿士君子列。非他人之所诖误，乃自取之也。悲夫！

卢　　载 登第梦削发为僧

卢载始就御试，梦至一处，若公府，载游其中。堂上有紫衣人凭案而坐，询公曰："子非卢某乎？"公曰："然。"揖公升阶闲坐。其人曰："公今削发为僧。"公曰："某已过省，次第失谒，节登仕路，不愿为僧。"众吏已引公下，吏执刃尽公之发，公大叫不服。紫衣止之曰："公既不欲，留其髯。"既觉，公惊疑，乃求有识者解其梦。有友人王生谓公曰："其应主吉。"公诘其故，曰："去发，其头衔已异矣；不去髯须，亦不落之义也。"公果然登第。

白　　龙 翁 郑内翰化为龙

郑内翰獬未贵时，常病瘟疫，数日未愈，甚困。俄梦至一处若宫阙，有吏迎谒甚恭。公谓吏曰："吾病甚倦，烦热，思得凉冷，以清其肌。"吏云："以为公澡浴久矣。"吏导公至一室，中有小方池，阔数尺，甃以明玉，水光滟滟，以水测之，清冷可爱。公乃坐甃上，引水渥身，俄视两臂已生白鳞，视其影则头角已出。公惊遁去。吏云："玉龙池也。惜乎公不入水，入其水，公当大贵。但露洒而已，不知贵也。幸而公自是白龙翁，虽贵，终不至一品也。"公乃觉，少选，即汗出。后登第为天下第一。公为诗戏友人，诗曰：

> 文闱数载作元锋，变化须知自古同。
> 霹雳一声从地起，到头须是白龙翁。

郑公平日以文章擅名天下，终□望登庸，议者颇惜。

异　　梦 记 敬翔与朱温解梦

朱高祖幼名温，后改名全忠。以功加封节度使兼四镇令公。如汴，

□□高烛。既寝，惊中鬼声甚恶，若不救者，左右□共扶□□方清醒，□左右叹嗟。

侍者谓曰："何故而惊魇也？"高祖曰："吾适梦中所见甚怪，不可卒语。"乃起坐，后且召敬翔而问焉。曰："吾既寐，一若常时，升厅据案决事。有一锦衣金带吏自外入，白吾曰：'有界吏来参见。'未久，有一人金冠而翠缨，朱衣绿履，立于庭下。锦衣吏抗声曰：'天下城隍土地主周厚德参拜真人。'再拜乃去。少顷，有一僧牵一驴来，曰：'贫僧专来请令公斋。'其僧升厅，与吾对坐。吾梦中私念：'吾已建节作贵矣，又居重地，掌握精兵十五万，而一僧敢召吾也？'吾乃谓僧曰：'尔何敢率易而请吾也？'其僧曰：'今日事又安得由令公哉？'乃起而引吾衣曰：'便请行。'吾意大怒，欲呼左右擒僧，则为僧引下阶。吾意曰：'若然，当召驸而去。'僧曰：'不用，自有乘骑。'乃抱吾上一驴。驴甚劣，意似南而去。驴行甚速，不久至一上台，隆隆然，吾在台，乘驴坐于台上。而僧曰：'令公请坐，贫道去取斋食。'吾竟尤不乐，去而其僧不至。俄有猿猴百余人，四面而来，升台引吾衣而与吾体。吾大怒，连臂击之。方斗酣，吾怒益张，而挥臂犹击，吾或一臂堕地，吾大呼，不觉睡觉。吾犹引手拦臂，方知臂存焉，而顾左右。待晓，召子而告，以吾察之，必非吉兆。每出兵尚忌见乎妇人僧人辈，乘驴堕臂之理，实非美事。子意如何？"

翔俯首少倾，起而再拜曰："此乃大吉，神明先告，是以翔拜贺也。"高祖曰："何以言之？请子急解而明我。"翔曰："锦衣吏衣锦还乡，荣之极也；厅下吏尚锦衣，即公之贵不言可知也；天下城隍土地来参，令公合为天下城隍土地也；僧乃是喜门中人，抱令公升驴者，登位也；南去上台上者，高处面南称尊像；猿猴之来，天下诸侯必与公争战；方斗而堕臂者，独权天下也。"高祖起顾敬翔曰："若如君言，不敢相忘，交你措大作宰相。"由是高祖益有觊觎大器之意。

翌日，逼昭宗迁都，竟有望夷之祸焉。悲矣！

青琐高议补遗

泥 子 记

卫士钱千沿河岸行,见一泥儿卧水上,彩色鲜明,千取归遗其妻。妻曰:"君以我无子遗我也。"乃造彩衣,昼致怀抱,夜卧寝所。

一夕,泥子遗溺茵席,千乃弃于沟中。中夜,泥子自门而入,悲啼求母乳,升床入衾。千惧,求康生占焉。康布卦云:"事系三人之命。"愈恐,求术。康曰:"子归,以利刃击之,当绝其怪。"千淬剑伺怪至,击之,铿然有声。执烛视之,怪无有也,其妻毙于血中。明日,卫士縶千有司,千以康生教之。吏追康生为证,康惧,自缢。千竟不能自明,伏法东市。《类说》四十六

龟 息 气

王昭素能运龟息气,年九十余方卒,其首缩入腹中。同上

周婆必不作是诗

曹圭妻朱氏刚狠,或劝其子诵《关雎》之篇以规讽之。母曰:"《毛诗》何人作也?"子曰:"周公所为。"朱曰:"使周婆必不作是诗也。"

后圭为县令,凡有男女讼于庭者,妇人虽曲,朱则使直焉。圭夫妇忽病,梦二吏摄至阴府,府君命纸书断曰:"妇强夫弱,内刚外柔,一妻不能制御,百姓何由整齐?鞭背若干。"朱氏词云:"身为妇女,合治闺门,夺夫权而在手,反曲直以从私。鞭背若干。"既觉,夫妇背各有鞭迹存焉。《绿窗新话》上"曹县令朱氏夺权"。亦见《类说》四十六。

吴 大 换 名

吴大者,卖鞋于虹飞桥。邻人王二叔以掌鞋为业,二人甚相得。王谓吴曰:"我有女,愿作亲家。"吴曰:"诺。"既成亲而王死。

越明年,吴晚归,百余步,见王自东而来,相见,屈吴店饮。吴曰:"亲家翁已死,何故相见?"王曰:"然。某之女蒙君好看,某在阴府,颇甚感激,今特来相见。某今职此桥,来日桥下死五十三人,亲家翁是一人之数,特为换其姓名矣。来日慎勿上此桥,记之。"出门不见。吴来日于桥侧俟至午后,桥坏,打杀者果五十三人,岂不异哉!《新编分门古今类事》三

李 生 白 银

李秀才者,亮州人。家贫,置小学教童蒙,日止十人,朝夕供给常不足。一日遇疾暴卒,二日乃苏,谓其妻曰:"我死地下见姚状元,主判人间衣食簿,与我昔日有同场之好,谓我曰:'甚贫矣,宜早归。衣食某之本职,不敢私,特为君添学生一十人,赠银一笏,是某之私羡也。'"其后人忽送儿童上学,比旧果加十人,生展修其屋,果获白银一挺。

嗟夫!学徒之多寡亦复阴司注定,况官职之崇卑,年寿之修短,禄廪之厚薄,孰谓无其数乎?《新编分门古今类事》四

寇 相 毁 庙

寇相准,年十九,苏易简状元下及第,知巴东县。县旧有一庙,不知其名。旧令尹尝梦其神泣告之曰:"宰相将来,吾不敢居此,虽强留,必不容也。"令曰:"宰相何人?"神曰:"他日当自知,不敢预告。"及寤,与同僚言之。不数日,邸吏赍状来,乃寇为之代。果以庙无名,图牒所不载而毁之。

噫！庙之毁去，神固知之，而寇之为相，已兆于此矣！神谓留必不容，盖亦知寇公之正直也。《新编分门古今类事》五

张谊赤光

进士张谊，自鄂州来，赴举南省。试罢，榜未出间，尝与侪辈游饮于市。偶一人前揖张曰："先辈便当及第，然宜保头上二赤光。光在，公无事；光失，则公亦不免。慎之。"忽不见。后张果及第。既受官到任，官长有赫连立，乃二赤光也。不久赫连立卒，张亦以事去官。乃知事皆前定，不可以智力免。同上

陈公荆南

乾兴中，张君房作倅江陵时，知府李坦之得风病，府事不举。即漕使王湛发遣，未知新知府之耗。时礼部陈从易主漕运于荆湖南路，由衡至邵，谳狱之疑者。去邵两驿间，舣舟水滨，夜宿佛寺中。时女使一名，中宵忽魇，遽起呼之。既悟曰："适见一白衣人，戴帽，仪容颇肃，以手抑胸，曰：'学士得荆南也。我是荆南五郎，来告之。到日望照管。'"陈甚异之。比到郡后，果马递敕到，如梦之告。陈后到府，礼上遂谒庙，乃与君房语之。盖五通庙先为坦之毁拆，至是乃再葺之如旧，可不异哉！《分门古今类事》七

颐素及第

都官员外郎谢颐素常言：既过南省，就殿试讫，独诣相国寺艾评事卜肆求筮命。艾布卦言曰："君必及第。"谢密告曰："昨天殿试，赋只作七韵，忘作第八韵，必不得也。"艾曰："据卦足下年命俱合及第，余不知其他。"后果于蔡齐状元下及第，竟不知何以得之，岂非命乎！
《分门古今类事》十一

吕 宪 改 名

吕防常应举京师，与市易刘神善相遇甚善，同上之市饮。吕曰："某今岁如何？"刘曰："且饮，奉为言之。"久而曰："将来春榜，只有吕宪而无吕防，君其改之。"盖南省未试之前也。吕遂改名宪，果于李迪状元下及第。同上

退 周 阿 环

李退周有道术，天宝中作题句以兆禄山之乱曰："燕市人皆去，函关马不归。若逢山下鬼，环上记罗衣。"又曰："木易若逢山下鬼，定知此处丧金环。"盖玉妃小名阿环，山下鬼乃马嵬之兆。

时蜀有尼造补鬓香油，本川进之宫中，谓之锦里油，亦幸蜀之谶也。《分门古今类事》十四

史 二 致 富

村民史二居京师朝阳门外，薄有庄土，籍属开封。京师人俗语有曰："济杀史二。"盖人图事有不称意者，悉此语以戏之，良为无补益之义也，且非先知有史二之名者。国朝行东郊藉田之礼，青坛之外皆史二之地。事毕，赐之甚厚，史二之家遂致富赡。然非久而史二卒。济杀之验，俗谣为之谶焉。同上

从 政 延 寿

治平之初，渝州巴县主簿黄靖国权怀化军使，有戍卒晋本辖将官。黄语军校曰："晋本辖官，罪当死。若械禁推鞫，烦紊多矣，宜自处之。"故军中以次棰击至死。

熙宁五年，黄官仪州，沿台檄出，抵良原，病疫而死，凡二十二日

乃苏。因谓所亲曰：始见二黄衣来追，出西门十数里，见宫城仪卫甚盛，乃入见王。黄再拜，王曰："何敢枉杀人！"俄引一人至，厉声曰："可速还我命！"黄视之，乃怀化戍卒也。黄乃陈本末，王曰："若是岂枉杀耶！"卒默然而退。俄有一吏引黄出门，见门户鳞次，各有防卫。黄问之，吏指一门曰："此唐武后狱也。"又指一门曰："此唐酷吏狱也。"又指一门曰："此唐奸臣狱也。"黄曰："何此辈锢之之久耶？"吏曰："此辈死受无穷之苦，历劫无有出期。"

　　既而复见王，王曰："卿官仪州，医工聂从政，识之乎？"曰："识。"王曰："有一事可以警于世。"徐驱一妇人年二十余，卒以利刀割其腹，刮其肠，流血满地，叫号之声，所不忍闻。王曰："此华亭主簿王某妻李氏也，思与聂乱，聂不肯从，故受此苦。聂延寿一纪，阴司最以此为重也。阳间网疏而多漏，阴司法密而难逃。避罪图福，君其勉焉。"乃遣还家。

　　乃询聂从政，事盖十五年矣，人无知者。幽冥之报，可不惧乎！
《分门古今类事》十九。注："又见《名谈》。"

张　女　二　事附查道侍从

　　赵州赞皇县张銮女，治平四年二月七日死，三日而苏，语音忽变为河东人，曰："我乐平县王琏侄也，十七归阎氏。夫性酷暴，自经而死。见二鬼导至大城，有王当殿，曰'秦广王也'。王问所以死，左右取大鉴如车轮使我照之。因命一吏曰：'此妇尝剔股肉救母病，又尝燃香于臂，祈姑疾安愈。此二事可延十二年寿，宜令亟还。'吏送至家，喉已断，乃复告王。王许借尸，因得至此。"又说冥间地狱无异人间画者。作善作恶，报如影响，可不畏哉！《分门古今类事》十九

　　按：以上二条之间，有"查道侍从"一条，无出处，疑亦出《青琐高议》，录附于后：

　　查道，淳化中赴举，乏资用，干诸亲旧，得数万缗。偶于逆旅次见一女子，甚端丽，询之，故人之女也。道乃倾囊择谨厚婿嫁之。其年

道罢举,次年登科,其后位至侍从焉。

崇 德 遇 僧

　　阁门祇候程崇德,真宗在藩邸日为殿侍。上元之夜,将家属入崇
庆寺看。时金吾街司招新人,皆亡赖之徒,多窥人家士女。程见一人
褐衣出入士女丛中,略无畏惮。程甚不平,于暗密处拳击杀,遂褫紫
袍,襞玉带,领家属出,了无人知。到晓捉贼,卒不得。真宗即位,程
以随龙得殿值,二十年终不改转一资。每见,但云"且去"。晏驾后,
程自江南告哀,至采石渡,遇一僧,视之甚久,乃揖程曰:"何谓二十年
不改转,良由曾杀人。见一衣褐者,称为君所杀。以此阴遣,故艰得
转也。"程以实告,僧曰:"前过金山寺,为设水陆斋,此人必去,君必转
官。"程依其言。还京师,转阁门祇候。由此观之,官禄固有前定,人
宜积善以招来,无为恶而脧削也。《分门古今类事》二十

青 琐 集

　　范摅有子,七岁能诗。《夏景》云:"闲云生不雨,病叶落非秋。"方
干曰:"必不享寿。"未十岁而终。《诗话总龟》前集十三

　　刘昭禹,字休明,婺州人。为诗刻苦,不惧风雨。有云:"句向夜
深得,心从天外归。"言不虚耳。同上

　　林迥与黄秘教同游连江玉泉,有诗曰:"泉山好翠微,权尹讼庭
希。晓马破云去,夜船乘月归。妓歌珠不断,人醉玉相依。薄宦自拘
者,咄哉多少非。"《诗话总龟》前集二十二

　　谢郎中有女,数岁能吟咏,长嫁王元甫。元甫调官京师,送别云:
"此去惟宜早早还,休教重起望夫山。君看湘水祠前竹,岂是男儿泪
染斑。"《诗话总龟》前集二十三

　　陈文惠赴端州,舣舟庐陵,有胡僧叩舷谓公曰:"虎目凤鼻猿身,
平地不能为也,当有攀附,然后有所食,位极卿相。"僧为诗一绝曰:
"虎目狼声形最贵,须因攀附即升高。知公今向端溪去,助子清风泛
怒涛。"公后登庸。《诗话总龟》前集三十

按：此下另一条，不注出处，疑亦出《青琐集》，录附于后：

庐山佛乎岩在绝顶，李氏有国日，行因禅师居焉。李氏诏居栖贤寺，未几，一夕大雪，逃居旧隐。尝煮茶延僧起，托岩扉立化。余作偈曰："前朝诏住栖贤寺，雪夜逃居岩石间。想见煮茶延客处，直缘生死不相关。"

王仲举，营道人。母尝梦挟仲举入月。仲举修进业，长兴化○化字疑衍二年赴举，谒秦王，登第后有诗谢秦王曰："三千里外抛渔艇，二十人前折桂枝。"太平兴国中，仲举有子曰嗣全，亦中进士第，乃扶两子入月之祥。《诗话总龟》前集三十四

青 琐 后 集

李建勋年八十，谒宋齐丘于洪州，题一绝于信果观壁云："春来涨水流如活，晓□西山势似行。玉洞主人经劫在，携竿步步就长生。"归高安，无病而卒。《诗话总龟》前集二

王贞白唐末大播诗名，尝作《御沟》诗云："一派御沟水，绿槐相荫青。此波涵帝泽，无处濯尘缨。鸟道来虽险，龙池到自平。朝宗本心切，愿向急流倾。"示贯休，休曰："剩一字。"贞白扬袂而去。休曰："此公思敏。"书一"中"字于掌。逡巡，贞白回曰："此中涵帝泽。"休以掌中示之，不异所改。《诗话总龟》前集十一

郭希声《纸窗》诗曰："偏宜酥壁称闲情，白似溪云薄似冰。不是野人嫌月色，免教风弄读书声。"《闻蛩》诗曰："愁杀离家未达人，一声声到枕前闻。苦吟莫入朱门里，满耳笙歌不听君。"《诗话总龟》前集二十一

廖齐父爽直，尝为永州刺史。齐后游零陵，于民间见父题壁，感而成诗曰："下马连声叩竹门，主人何事感遗恩。回头泣向儿童道，重见甘棠旧子孙。"《诗话总龟》前集二十五

伊梦，不知何许人，因梦两日，遂立此名。唐末不仕，披羽褐，游山水，题攸县司空观仙坛云："唯有松杉空弄日，更无云鹤暗迷人。"题黄蜀葵云："露凝金盏滴残酒，檀点佳人喷异香。"在醴陵何氏家，一日别去。作诗附铁匠回，言在彼打剑。何氏发其冢，棺空惟剑耳。《诗话总龟》前集四十五

续青琐高议

贤鸡君传

贤鸡君鲁敢,西城道上遇青衣曰:"君东斋客伺久矣。"归步庭际,见女子揉英弄蕊,映身花阴。君疑狐妖,正色远之。女亦徐去。月余,飞空而来曰:"奴西王母之裔,家于瑶池西真阁。"恍如梦中,引君同跨彩麟,在寒光碧虚中,临万丈绝壑,陟蟠桃岭,西顾琼林,烂若金银世界。曰:"此瑶池也。"蓝波烟浪,潋滟万顷;珠楼玉阁,玲珑千叠。红光翠霭间,若虹光挂天,两脚贯地。命君升西真阁,曰:"尝见紫云娘诵君佳句。"语未毕,见千万红妆,珠佩玎珰,星眸丹脸,霞裳人面特秀丽,艳发其旁。西真曰:"此吾西王母也。"久之,紫云娘亦至。西真曰:"此贤鸡君也。"须臾,觥筹递举,霞衣更请奏《鸾凤和鸣曲》,又奏《云雨庆先期曲》。酒酣,复入一洞,碧桃艳杏,香凝如雾。西真曰:"他日与君人间还,双栖于此。"君乃辞归。《类说》四十六

张世宁神降

太原府助教张世宁,暴疾将终,吟曰:"翠羽旌幢仙子室,紫云楼殿玉皇家。人间风物易分散,回首武陵空落花。"既卒,神降其姝曰:"我籍系上天第十八洞玉仙人也,因会瑶池,考视尘中地仙功行簿,闻人间曲蘗香,徘徊不进,遂犯后至之罚。西王母启其事,为我有人世酒分,宜谪偿之。寓迹浮生,今还本籍。"因歌曰:"休,休,休!偷得休时便好休,欢喜冤家无彻头。"同上。《诗话总龟》前集四五无出处。

隆和曲丐者

李无竞入都调官,至朱廷镇,有二丐者喧争于道,老妪曰:"我终身丐乞,聚金数百,此子贷去,半载不偿。"无竞取缗如所逋数与之,丐

者谢曰:"吾实逋其钱,君行路人,能偿之以解其斗。吾家在隆和曲,
筲栅青帘,乃所居也。子能访我,当有厚谢。"无竞异其言。

后入隆和,果有帘栅。入门,见数丐者地炉共火。入室,有冠带
者立于堂,乃向丐者。丐既坐,曰:"可小酌御寒。"无竞恍惚甚疑。其
人勤劝,逊辞终不饮,但濡唇而已。时方大寒,盘中皆夏果,取小御桃
三枚怀归。丐者作诗曰:"君子多疑既多误,世人无信即无成。吾家
路径平如砥,何事夫君不肯行?"无竞至邸,取桃,乃紫金三块,因大悔
恨。翌日再访之,已不见,询问皆无知者。无竞琢其金为饮器,年七
十余,面色红润,岂酒濡唇之力乎?同上

茹 魁 传

茹魁,河东人,不载其名字,讳之也。在都下与名妓胡文媛往来,
既久,媛欣然奉之。魁出,则阖户,虽万金之子莫得见。媛尝为《蜀葵
花》诗曰:"却有一端宜恨处,开花向背不倾阳。"同上

妓赠陈希夷诗

成都妓单氏赠陈抟先生诗云:"帝王师不得,日月老应难。"同上

有 酒 如 线

杨亿于丁晋公席上举令云:"有酒如线,遇斟则见。"答曰:"有饼
如月,因食则缺。"同上

火 箸 熨 斗

丁晋公在秘阁日,爱近火,常以铁箸于灰烬间书画。同舍伺公暂
起,火箸使热。公至,为箸所熨,曰:"昨宵闻鼓声,通晓不得寐。"问其
故,曰:"乐其祖先耳。"乐,烙也。　同上

桃 源 三 夫 人

陈纯,字元朴,莆田人。因游桃源,爱其山水秀绝,乃裹粮沿蹊而行。凡九日,至万仞绝壁下,夜闻石壁间人语。纯粮尽,困卧,闻有美香,流巨花十余片,其去甚急。纯速取得一花,面盈尺,五萼,乃食之。渴甚,饮溪水数斗,下利三日,行步愈疾。

有青衣采苹岸下,曰:"此桃源三夫人之地。上府玉源,中府灵源,下府桃源。后夜中秋,三仙将会于此。"其夕,水际台阁相望,有童曰:"玉源夫人召。"纯往见,三夫人坐绛殿中,众乐并作。玉源谓纯曰:"近世中秋月诗,可举一二句。"纯曰:"莫辞终夕看,动是隔年期。"桃源曰:"意虽佳,但不见中秋月,作七月十五夜月亦可。"玉源因作诗曰:"金风时拂袂,气象更分明。不是月华别,都缘秋气清。一轮方极满,群籁正无声。晓魄沉烟外,人间万事惊。"灵源诗曰:"高秋浑似水,万里正圆明。玉兔步虚碧,冰轮辗太清。广寒低有露,桂子落无声。吾馆无弦弹,栖乌莫要惊。"桃源诗曰:"金吹扫天幕,无云方莹然。九秋今夕半,万里一轮圆。皓彩盈虚碧,清光射玉川。瑶樽何惜醉,幽意正绵绵。"玉源谓纯曰:"子能继桃源之什乎?"纯乃赓曰:"仙源尝误到,羁思正萧然。秋静夜方静,月圆人更圆。清樽歌越调,仙棹泛晴川。幽意知多少,重重类楚绵。"玉源笑曰:"此书生好!莫与仙葩食,教异日作枯骨。如何敢乱生意思!"纯曰:"和韵偶然耳。"将晓,以舟送纯归。《岁时广记》卷三十二《入桃源》,亦见《类说》四十六、《诗话总龟》前集四十五。

历代笔记小说大观总目

汉魏六朝

西京杂记（外五种） ［汉］刘歆 等撰　王根林 校点

博物志（外七种） ［晋］张华 等撰　王根林 等校点

拾遗记（外三种） ［前秦］王嘉 等撰　王根林 等校点

搜神记·搜神后记 ［晋］干宝 陶潜 撰　曹光甫 王根林 校点

世说新语 ［南朝宋］刘义庆 撰　［梁］刘孝标注　王根林 标点

唐五代

朝野佥载·云溪友议 ［唐］张鷟 范摅 撰　恒鹤 阳羡生 校点

教坊记（外七种） ［唐］崔令钦 等撰　曹中孚 等校点

大唐新语（外五种） ［唐］刘肃 等撰　恒鹤 等校点

玄怪录·续玄怪录 ［唐］牛僧孺 李复言 撰　田松青 校点

次柳氏旧闻（外七种） ［唐］李德裕 等撰　丁如明 等校点

酉阳杂俎 ［唐］段成式 撰　曹中孚 校点

宣室志·裴铏传奇 ［唐］张读 裴铏 撰　萧逸 田松青 校点

唐摭言 ［五代］王定保 撰　阳羡生 校点

开元天宝遗事（外七种） ［五代］王仁裕 等撰　丁如明 等校点

北梦琐言 ［五代］孙光宪 撰　林艾园 校点

宋元

清异录·江淮异人录 ［宋］陶谷 吴淑 撰　孔一 校点

稽神录·睽车志 ［宋］徐铉 郭彖 撰　傅成 李梦生 校点

贾氏谭录·涑水记闻　〔宋〕张洎 司马光 撰　孔一 王根林 校点

南部新书·茅亭客话　〔宋〕钱易 黄休复 撰　尚成 李梦生 校点

杨文公谈苑·后山谈丛　〔宋〕杨亿口述、黄鉴笔录、宋庠整理　陈
　　师道 撰　李裕民 李伟国 校点

归田录(外五种)　〔宋〕欧阳修 等撰　韩谷 等校点

春明退朝录(外四种)　〔宋〕宋敏求 等撰　尚成 等校点

青琐高议　〔宋〕刘斧 撰　施林良 校点

渑水燕谈录·西塘集耆旧续闻　〔宋〕王辟之 陈鹄 撰　韩谷 郑世刚
　　校点

梦溪笔谈　〔宋〕沈括 撰　施适 校点

麈史·侯鲭录　〔宋〕王得臣 赵令畤 撰　俞宗宪 傅成 校点

湘山野录 续录·玉壶清话　〔宋〕文莹 撰　黄益元 校点

青箱杂记·春渚纪闻　〔宋〕吴处厚 何薳 撰　尚成 钟振振 校点

邵氏闻见录·邵氏闻见后录　〔宋〕邵伯温 邵博 撰　王根林 校点

冷斋夜话·梁溪漫志　〔宋〕惠洪 费衮 撰　李保民 金圆 校点

容斋随笔　〔宋〕洪迈 撰　穆公 校点

萍洲可谈·老学庵笔记　〔宋〕朱彧 陆游 撰　李伟国 高克勤 校点

石林燕语·避暑录话　〔宋〕叶梦得 撰　田松青 徐时仪 校点

东轩笔录·嬾真子录　〔宋〕魏泰 马永卿 撰　田松青 校点

中吴纪闻·曲洧旧闻　〔宋〕龚明之 朱弁 撰　孙菊园 王根林 校点

铁围山丛谈·独醒杂志　〔宋〕蔡絛 曾敏行 撰　李梦生 朱杰人 校点

挥麈录　〔宋〕王明清 撰　田松青 校点

投辖录·玉照新志　〔宋〕王明清 撰　朱菊如 汪新森 校点

鸡肋编·贵耳集　〔宋〕庄绰 张端义 撰　李保民 校点

宾退录·却扫编　〔宋〕赵与时 徐度 撰　傅成 尚成 校点

桯史·默记　〔宋〕岳珂 王铚 撰　黄益元 孔一 校点

燕翼诒谋录·墨庄漫录　〔宋〕王栐 张邦基 撰　孔一 丁如明 校点

枫窗小牍·清波杂志　〔宋〕袁褧 周辉 撰　尚成 秦克 校点

四朝闻见录·随隐漫录　〔宋〕叶少翁 陈世崇 撰　尚成 郭明道 校点

鹤林玉露　〔宋〕罗大经 撰　孙雪霄 校点

困学纪闻　［宋］王应麟 撰　栾保群 田松青 校点

齐东野语　［宋］周密 撰　黄益元 校点

癸辛杂识　［宋］周密 撰　王根林 校点

归潜志·乐郊私语　［金］刘祁　［元］姚桐寿 撰　黄益元 李梦生
　　校点

山居新语·至正直记　［元］杨瑀 孔齐 撰　李梦生 庄葳 郭群一
　　校点

南村辍耕录　［元］陶宗仪 撰　李梦生 校点

明代

草木子（外三种）　［明］叶子奇 等撰　吴东昆 等校点

双槐岁钞　［明］黄瑜 撰　王岚 校点

菽园杂记　［明］陆容 撰　李健莉 校点

庚巳编·今言类编　［明］陆粲 郑晓 撰　马镛 杨晓波 校点

四友斋丛说　［明］何良俊 撰　李剑雄 校点

客座赘语　［明］顾起元 撰　孔一 校点

五杂组　［明］谢肇淛 撰　傅成 校点

万历野获编　［明］沈德符 撰　杨万里 校点

涌幢小品　［明］朱国祯 撰　王根林 校点

清代

筠廊偶笔 二笔·在园杂志　［清］宋荦 刘廷玑 撰　蒋文仙 吴法源
　　校点

虞初新志　［清］张潮 辑　王根林 校点

坚瓠集　［清］褚人获 辑撰　李梦生 校点

柳南随笔 续笔　［清］王应奎 撰　以柔 校点

子不语　［清］袁枚 撰　申孟 甘林 校点

阅微草堂笔记　［清］纪昀 撰　汪贤度 校点

茶余客话　［清］阮葵生 撰　李保民 校点

檐曝杂记·秦淮画舫录 〔清〕赵翼 捧花生 撰 曹光甫 赵丽琰
　　校点

履园丛话 〔清〕钱泳 撰 孟斐 校点

归田琐记 〔清〕梁章钜 撰 阳羡生 校点

浪迹丛谈 续谈 三谈 〔清〕梁章钜 撰 吴蒙 校点

啸亭杂录 续录 〔清〕昭梿 撰 冬青 校点

竹叶亭杂记·今世说 〔清〕姚元之 王晫 撰 曹光甫 陈大康 校点

冷庐杂识 〔清〕陆以湉 撰 冬青 校点

两般秋雨盦随笔 〔清〕梁绍壬 撰 庄葳 校点